L'éveil de l'oméga

de N.J. Lysk

COLE A TOUTE LA VIE devant lui, et son avenir promet d'être radieux. Ses cours, qui ont toujours été une corvée plus qu'autre chose, sont enfin terminés, et il entame bientôt un apprentissage de mécanicien. La vraie vie peut commencer !

Et tout bascule en une soirée.

Afin de célébrer le début de l'été, Cole part en camping avec TJ et Ari, ses deux meilleurs amis. Ils ont de la bière, de la viande et trois nuits devant eux pour dire au revoir à leur enfance.

Tout se passe bien, jusqu'à ce que Cole commence à ressentir des choses étranges. En quelques heures, toute sa vie s'en voit bouleversée. Il est un oméga. Il est en chaleur. Et il se retrouve seul dans les bois avec deux alphas.

Il n'y a pas de retour en arrière possible et Cole ne sait pas si leur amitié peut survivre à ce moment dans les bois. Une seule chose est sûre : un oméga ne peut pas échapper à son destin.

Prologue

Ce n'était pas la première fois qu'ils se branlaient mutuellement, et ce ne serait sans doute pas la dernière. C'était pour rire, voilà tout. Ils ne faisaient que s'amuser. Ça permettait aussi à Cole de taquiner TJ sur sa queue, qui avait tendance à s'incliner vers la gauche, et Ari, dont le pantalon abritait un véritable monstre. Il ouvrit sa braguette et en sortit son membre raide. D'accord, celui-ci avait déjà pris part à la fête peu avant, mais qu'importait ? Cole avait prouvé à maintes reprises qu'il pouvait tenir plus longtemps que ses deux amis, et il préférait être en érection quand ils se livraient à ces masturbations collectives. Ainsi, la légère différence de taille entre TJ et lui passait pratiquement inaperçue. Mais bon, Cole était de ceux dont le pénis grossissait beaucoup lorsqu'il bandait, alors il n'y avait aucune honte à avoir.

À ce moment-là, alors qu'il refermait les doigts autour de sa hampe, il ressentit à nouveau un étrange vertige. Il en avait eu toute la journée. Il chancela un peu, manquant de tomber sur l'herbe humide, mais il tint bon. Le dos de sa main effleura ses testicules dans la manœuvre, provoquant une nouvelle étincelle de désir en lui. Il dut serrer la base de son membre pour s'empêcher de jouir. Il baissa les yeux, les sourcils froncés. De son autre main, il toucha son paquet. Cette douce caresse fut si délicieuse qu'elle le poussa à entamer des va-et-vient dans sa propre paume, humidifiée par sa salive, mais pas seulement. Il rua même vers l'avant, serrant fort, déclenchant des sensations telles qu'elles faillirent le terrasser. Il avait l'impression qu'un tout nouveau jeu de terminaisons nerveuses venait d'apparaître en lui, directement reliées à sa queue.

— Cole ? demanda Ari.

Cole regarda son ami, puis se remit à fixer son membre.

— Je... C'est que...

— Tu t'es tellement branlé que tu l'as cassée ? lança malicieusement TJ, sur sa gauche.

Cole le dévisagea et leva les yeux au ciel. Puis il se campa sur ses jambes et essaya une nouvelle fois de serrer. *Putain.* C'était bon, mais pourquoi tout à coup... ? Sans réfléchir, il porta sa main gauche derrière lui et enfonça ses doigts entre ses fesses, ce qui lui fit pousser un cri qui résonna jusqu'à la cime des arbres qui les entouraient. Quelques oiseaux, alarmés par le bruit, s'envolèrent. Cole se fichait pas mal de leur fuite précipitée. Il était humide *là*.

— Cole ? reprit TJ, d'un ton inquiet, cette fois-ci. Qu'est-ce qui t'arrive ?

Cependant, l'intéressé n'avait aucune attention à lui accorder. Il retira sa main gauche pour fixer ses doigts. Ils luisaient d'un fluide transparent, mais à l'odeur suffisamment puissante pour être reconnaissable entre mille. Alors qu'il observait toujours ses doigts, Ari s'approcha et lui prit le poignet. Puis, comme s'il était incapable de s'en empêcher, il porta la main de Cole à son nez, le maintenant dans une poigne si forte qu'elle aurait pu faire mal. Mais Cole ne ressentait que chaleur, là où Ari le tenait, et ne percevait que les palpitations de son membre dans sa main.

L'instant suivant, il se retrouva par terre, le pantalon aux genoux, la queue toujours raide et se poussant fort contre les attouchements à l'intérieur de son orifice, comme si sa survie en dépendait. C'était bien le cas : il en avait besoin maintenant, et il en avait besoin vite, fort et à l'infini. Il ne pouvait plus temporiser. Il ne pouvait plus... L'attente ne dura pas ; les doigts s'en allèrent et furent remplacés par quelque chose de bien plus imposant qui le pénétra. Il gémit tout bas, désespéré de se sentir rempli, mais la douleur le submergeait. C'était à la fois trop et pas assez, et une part de lui avait peur, aussi, car il avait l'impression confuse que quelque chose clochait. Cependant, cette part de lui était hors d'atteinte à l'heure actuelle, et, pour être honnête, il s'en fichait royalement. Des mains le saisirent par les hanches et le mirent à quatre pattes, puis il se retrouva empalé, jusqu'à ce qu'il ait le sentiment que la hampe en lui était allée au plus profond de son être.

La poussée suivante fut si brutale qu'il eut l'impression que son corps était déchiré en deux, mais pas de douleur ; ce qu'il ressentait n'avait rien à voir avec de la souffrance. C'était si bon qu'il avait bien du mal à demeurer immobile. Il se faisait pilonner par quelqu'un qui savait qu'il ne se briserait pas et qui ne lui laissait aucun répit. Il devait prendre cette formidable érection qui écartelait son orifice chaque fois que ses propres muscles se resserraient, l'obligeant à se soumettre et à se donner entièrement. Une sensation que Cole adorait. Son sexe tressautait contre son ventre, délaissé, ce qui ne l'empêchait pas de répandre du liquide préséminal. Cole n'envisageait même pas de se caresser. Il n'avait qu'une seule envie, c'était qu'Ari reste en lui, qu'il continue à l'ouvrir et le remplir. Cole ne supporterait plus de se sentir vide à nouveau, pas après avoir ressenti ça...

Il se raidit quand la prise de conscience s'imposa à lui. C'était Ari. Leur amitié durait depuis toujours, et après ça... Mais il arrêta de s'en soucier, car Ari lui délivrait une pénétration délicieuse, puissante et impitoyable. Il geignit lorsque le sexe de son ami tressauta en lui, puis se déversa à l'intérieur de son corps. L'orgasme de Cole le foudroya, de manière inattendue, inexplicable. Sa propre queue, qu'il n'avait pourtant pas touchée, se mit à répandre sa chaude semence sur l'herbe.

Malgré les endorphines qui lui brouillaient le cerveau, Cole essaya de trouver une signification à tout ça, des mots qui lui permettraient de saisir ce qui venait de se passer. Il sentit alors Ari se retirer. Dans un premier temps, il n'en ressentit qu'une gêne, puis il éprouva à nouveau cette cuisante sensation de vide.

Cole gémit, ses fesses ne se refermaient sur rien. Il était endolori, lessivé et si... soulagé, heureux. Il perçut une nouvelle paire de mains sur son arrière-train. Il se trémoussa, trop au désespoir pour attendre l'inévitable. Puis la satisfaction l'envahit : le gland de TJ avait sans peine passé l'anneau de muscles déjà bien travaillé, et il ne s'arrêta pas en si bon chemin. TJ le fit s'allonger par terre, piégeant son membre ultra-sensible entre son corps et l'herbe, avant de le pilonner sans merci. Cole lâcha une plainte, la tête tournée de côté pour pouvoir respirer, toute son attention concentrée sur l'homme qui le possédait. *L'alpha.* Cole, lui, était un oméga, il était en chaleur, et voilà ce que faisaient les alphas aux omégas en chaleur. Tel était le destin des omégas.

CE FURENT SES PIEDS froids qui réveillèrent Cole. Il devait toujours les mettre au chaud pour parvenir à dormir. Pendant quelques instants, il dut rassembler ses esprits, comprendre pourquoi il avait repoussé sa couverture. Puis il prit conscience qu'il n'y en avait aucune, juste le sol dur sous lui. Il se raidit, cherchant à se redresser, mais cela ne lui servit à rien, puisqu'il se trouvait piégé entre les membres qui se mêlaient aux siens – entre les membres *nus* qui se mêlaient aux siens. Le bras passé autour de sa taille se resserra fermement, et Cole s'aperçut que, sans le savoir, il avait tenté de s'écarter. Quelqu'un le rallongea au sol.

TJ. C'était TJ qui était là.

— Tout va bien, le rassura très vite son ami.

Comme si de simples paroles pouvaient suffire à en convaincre Cole, qui non seulement était nu, mais qui sentait également le sperme de son meilleur ami couler de ses fesses.

Il était gelé. Le regard rivé droit devant lui, mais pas vers TJ, il respirait trop fort.

Tout à coup, le bras de TJ fut écarté de force, et la pression sur son propre dos disparut. Il était libre. Il aurait dû s'en estimer heureux, pourtant, il avait l'impression d'être dans l'impossibilité de bouger. Il percevait les voix de ses amis, mais il était incapable de distinguer leurs paroles.

Des mains revinrent se poser sur lui, et il eut envie de pleurer de soulagement. Il s'affala contre le torse de TJ, tremblant si fort que son ami dut resserrer son étreinte.

— Chhhut, lui murmura TJ à l'oreille.

Ce dernier était chaud – bouillant, même –, pourtant, Cole n'arrivait pas à faire cesser ses frissons. Il était à la fois complètement gelé et fiévreux, un état qui ne concernait pas que son être, mais également son esprit, qui semblait avoir déraillé. Il se sentait incapable de formuler la moindre réflexion, encore moins un mot quelconque. Il s'accrocha à TJ, car il avait besoin de quelque chose, désespérément besoin d'une aide qu'il ne pouvait pas réclamer. Mais comme toujours, TJ lui donna l'impression de lire dans ses pensées ; Ari vint se positionner contre son dos, afin de bercer Cole entre leurs deux corps. Cole soupira, enfin détendu grâce à leur étreinte.

Il émit un son. Rien de plus, juste un bruit. Même s'il avait été en mesure de parler, il aurait été incapable de dire ce dont il avait besoin ; il ne le savait tout simplement pas. TJ reprit la parole, Ari répondit quelque chose... Entendre leurs voix était aussi agréable que de sentir leurs corps contre le sien. Puis Ari s'inséra à nouveau en lui, enfonçant son sexe en un mouvement fluide, tranquille, relevant juste les hanches jusqu'à l'avoir pénétré entièrement. Cole s'écroula en avant, le souffle court, mais les muscles enfin complètement relâchés. Il était incapable d'accompagner le roulis mesuré d'Ari, mais ce n'était pas grave ni nécessaire : ses amis s'occupaient de tout. Il n'avait qu'à se détendre et les laisser faire.

Quelques minutes plus tard, les oreilles de Cole semblèrent se déboucher, et il put désormais percevoir les paroles d'encouragement de TJ. Il leva la tête, quittant le torse de son ami du regard pour le fixer dans les yeux. Tout le miel de ses prunelles avait disparu, avalé par ses pupilles.

— Ça va ? lui demanda TJ, avec un petit rire tremblant.

Il ouvrit les lèvres, pour parler, mais il n'y parvint pas. Alors il se contenta de dévisager TJ, tandis qu'Ari le maintenait et le prenait. TJ lui rendit son regard scrutateur, comme s'il cherchait à référencer chaque clignement d'yeux, chaque grimace qu'il laissait échapper quand Ari se trouvait particulièrement *loin* en lui. Cole était plus que prêt, humidifié par ses propres fluides ; cependant, ses taquineries à l'égard d'Ari n'avaient pas été des paroles en l'air : son ami était énorme. Puis TJ prit une de ses joues en coupe et posa sa bouche sur la sienne, l'embrassant avec autant de luxure que s'il le baisait. Cole gémit et ouvrit les lèvres, aussi heureux de le faire qu'il l'avait été d'écarter les jambes. TJ se rapprocha de lui, afin de pouvoir se masturber contre sa cuisse.

Ari, comme encouragé par les bruits qui leur échappaient, accéléra la cadence. Peu après, Cole se retrouva allongé sur TJ, parce qu'Ari avait besoin de le baiser furieusement. Si TJ ne l'avait pas soutenu, Cole se serait affalé face contre terre, tant il avait les membres faibles. En l'état actuel des choses, il finit blotti sur son ami d'enfance, qui le soutenait pendant qu'Ari le prenait et qui avait relevé un genou pour l'appuyer pile sur son sexe. À chaque pénétration, les hanches d'Ari claquaient contre ses fesses, avec suffisamment de force pour laisser des meurtrissures. Mais Cole n'en avait rien à cirer, car le gland d'Ari s'enfonçait si loin en lui qu'il avait le sentiment de sentir la queue de son ami à l'intérieur même de la sienne. C'était si délicieux que c'en était douloureux, et c'était si douloureux que c'en était délicieux. À tel point qu'il se demandait pourquoi il n'avait pas encore joui partout sur les genoux de TJ. À ce moment-là, Ari geignit son prénom, et les jeux furent faits : le membre de Cole tressauta et se déversa sur TJ, qui le maintint même quand ses bras cédèrent pour de bon. Pendant ce temps-là, Ari le soutenait par les hanches, l'empalant toujours plus fort, pour expulser chaque vague de plaisir de son corps. Ce fut comme une électrocution. Lorsqu'Ari réussit à reprendre contenance et à se retirer de Cole, celui-ci retomba entièrement sur TJ, les nerfs à vif.

Il avait trop chaud, mais il ne voulait pas s'écarter de l'étreinte de son ami. C'est pourquoi il resta contre lui. Ari lui avait grillé le cerveau alors que Cole était déjà sous le choc. En tout cas, c'était sans doute ce qui expliquait qu'il ait mis aussi longtemps à se rendre compte que l'érection de TJ était toujours appuyée contre sa cuisse. Il se raidit, cherchant à se redresser. TJ résista quelques instants, puis le laissa s'écarter. Cole rampa à reculons, les yeux rivés au sol. Il s'arrêta quand son pied trouva le flanc d'Ari. Il fixa alors TJ, devant lui. Il avait déjà vu son ami nu de temps en temps, bien sûr. Ils allaient nager ensemble au lac et partageaient un vestiaire pour se changer. Et il l'avait aussi déjà vu en érection.

Mais il n'avait jamais eu l'occasion d'admirer son ami, le membre raide, alors qu'il était dans le plus simple appareil. Et il n'en avait jamais été témoin en sachant que c'était lui qui le mettait dans cet état. TJ était tout en muscles – l'alpha en lui s'était révélé quelques mois auparavant, et la poussée d'hormones inhérente avait aidé sa carrure à se développer – et sa peau noire luisait sous le clair de lune. Il avait baisé Cole un peu plus tôt, mais il n'en semblait pas plus heureux que satisfait. Il avait l'air effrayé. Il observait Cole avec la même prudence que l'on manifestait face à un animal dangereux, prêt à prendre la fuite au moindre signe de violence. Cole lui rendit son regard. Il avait le sentiment d'être complètement vide. Il n'était pas en colère ni triste. Il n'arrivait simplement pas à comprendre comment ils en étaient venus à *ça* alors qu'ils étaient seulement partis camper. TJ se laissa étudier quelques instants de plus, avant de rouler sur le côté pour se lever.

Puis il prit la parole, s'adressant essentiellement à la pelouse.

— Je crois que nos vêtements sont par là.

Il ne marcha pas vite – gêné par son érection, sans doute –, mais il ne regarda pas en arrière.

— Cole ?

Ari se trouvait juste à côté de lui, allongé sur le ventre. Peut-être pour cacher sa hampe massive, celle qu'il avait enfoncée dans le fondement de Cole. Mais même sans la voir, Cole, à genoux, la sentait toujours. Il frissonna.

— Est-ce que je t'ai fait mal ? ajouta Ari.

Cole essaya de réfléchir à une réponse sensée. Oui ? Non ? Rien ne semblait correspondre à la vérité.

— Je vais bien, dit-il alors, réalisant qu'il pouvait enfin à nouveau s'exprimer.

Il entendit Ari remuer, mais il ne le regarda pas, se contentant de fixer l'herbe.

— Je ne voulais pas... Tu étais sous le choc, mais... TJ m'a dit que ça pouvait t'aider.

Cole ne répondit rien. Ça lui avait effectivement fait du bien, et il y avait pris du plaisir. Et pourtant, il aurait souhaité qu'une faille apparaisse dans le sol et l'engloutisse entièrement, car il sentait le sperme d'Ari couler sur ses cuisses. Impossible d'oublier ça.

— Tu peux te lever ? lui demanda Ari.

Cole posa les mains à plat par terre et se hissa. Ses jambes réagirent machinalement, lui permettant de se relever. Cependant, concernant l'équilibre, ce n'était pas encore ça ; il vacilla dès qu'il parvint à se redresser. Ari le rattrapa par le bras pour l'empêcher de tomber.

Dès l'instant où leurs peaux se touchèrent, Cole se sentit plus stable. Il put se remettre debout sans peine, sans grimacer. Il se tourna vers son ami, indiquant d'un signe de tête qu'il allait mieux, puis il se laissa guider jusqu'à l'endroit où ils avaient posé leurs sacs. Ari le tenait encore. Son contact lui faisait le même effet que celui de TJ, quand il avait calmé la panique qui montait en lui. Il était toujours sous le choc, toujours nerveux, mais cet effleurement... Puis Ari le lâcha pour l'entourer d'une des couvertures qu'ils avaient apportées, sur insistance de leurs parents. Mais le tissu n'eut aucune réelle utilité ; dès l'instant où son ami avait cessé de le toucher, Cole avait eu le sentiment d'être revenu au moment où il s'était réveillé sur le sol : désorienté, ébranlé sans savoir pourquoi. C'était le contact qui faisait la différence.

Cependant, il ne pouvait évidemment plus s'exprimer, maintenant que cet effleurement avait disparu ; il avait la gorge nouée et l'esprit rempli de pensées à moitié formulées qu'il était incapable de terminer.

TJ s'avança et pressa un thermos contre ses lèvres pour lui faire boire le chocolat chaud qui se trouvait à l'intérieur.

— Tout va bien, lui promit son ami, de cette même voix dont il usait avec ses frères et sœurs. La première fois, c'est toujours un choc... Bois ça, puis tu pourras te reposer un peu, si tu veux.

Cole saisit ce que TJ lui mettait entre les mains et fit ce qu'on attendait de lui, principalement parce qu'il tremblait tellement qu'il avait le sentiment qu'il renverserait tout le liquide sur lui s'il tentait d'écarter la gourde de sa bouche. Le chocolat chaud contribua vaguement à le réchauffer, mais pas à réfléchir plus aisément. Quelque part au fond de lui existaient les mots définissant ce qui s'était passé, mais il était incapable de les trouver ou de les formuler.

Ses amis l'aidèrent à s'enrouler dans le sac de couchage, qu'ils refermèrent pour lui, avant de le frotter vigoureusement pour lui apporter un peu de chaleur. Ils parlaient, aussi, mais Cole les entendait à peine.

Peut-être était-il encore sous le choc. Peut-être se sentirait-il redevenu lui-même quand il rouvrirait un œil.

Peut-être se réveillerait-il et réaliserait-il alors que tout ceci n'avait été qu'un cauchemar.

SES YEUX PAPILLOTÈRENT, puis s'ouvrirent, et il remarqua que TJ l'observait. Il se rendit compte ensuite qu'un bras était posé en travers de sa taille. Il baissa le regard et découvrit qu'il s'agissait d'Ari, dont la peau plus claire ressortait sur sa propre carnation un peu plus foncée. Les arrière-grands-parents de Cole avaient eu une chose en commun : ils avaient été des explorateurs, courageux et curieux au point d'avoir traversé la moitié du globe. Cole avait des dizaines de cousins dans toute l'Europe et l'Asie, et même certains de ses proches, d'origine espagnole comme lui, s'étaient installés dans une meute au beau milieu des montagnes tibétaines – les proies y étaient plutôt rares, mais ils y avaient une paix royale, a priori.

Cole, lui, n'était pas courageux. Dès qu'il se souvint d'où il se trouvait, il n'eut plus qu'une envie : se blottir sous les couvertures et se rendormir.

— Est-ce que tu…, commença TJ, avant de changer ensuite de question. Tu peux marcher, tu crois ?

Cole avala sa salive. La tête dans le brouillard, il s'appuya sur son bras droit, qu'il sortit du sac de couchage, pour se redresser en position assise. Ari, bizarrement, ne le lâcha pas pour autant. Cole croisa son regard. *Est-ce qu'ils savent ?*

— Ça va t'aider à ne pas paniquer, expliqua TJ, de l'autre côté. Si l'un de nous te touche, ça va… C'est l'instinct, je pense. Qui te dit que tant qu'on est là, tu es en sécurité, tu vois ?

Il n'avait pas l'air sûr de lui, pourtant, Cole se tourna vers lui pour le dévisager.

— En sécurité ?

TJ tressaillit, comme s'il avait reçu une claque. Il se leva et se détourna de Cole.

— Je ne connais pas grand-chose aux omégas.

Les omégas, pensa Cole, dont l'esprit semblait essayer de comprendre la définition du terme. Évidemment, il savait ce qu'étaient les omégas : ceux qui portaient les enfants. Peu importait qu'il soit un homme ; être un oméga signifiait qu'il pouvait porter les enfants d'un autre homme. D'un alpha.

D'un alpha, comme Ari ou TJ.

Or, ils l'avaient pris tous les deux, et sans doute plus d'une fois, si Cole pouvait se fier à ses souvenirs embrumés de la nuit précédente. Son cœur eut un raté, qu'Ari dut percevoir, car sa poigne se resserra et il attira Cole plus près de lui.

— Non, pria Ari, presque suppliant. On va juste… rentrer chez nous. On démêlera tout ça quand on sera là-bas.

Cole acquiesça sans tourner les yeux vers lui. Il avait les idées plus claires à présent et il n'arrivait pas à comprendre comment il avait pu oser croiser le regard d'alpha d'Ari plus tôt, après qu'il avait… Cole repoussa cette pensée et inspecta son environnement.

— Mes habits ?

— TJ ? lança Ari.

Leur ami se trouvait déjà devant leurs affaires. Il revint avec quelques vêtements, qui n'appartenaient cependant pas à Cole. Ils n'avaient pas apporté de fringues supplémentaires, pas alors que la rivière était juste à côté et qu'ils n'avaient pour seuls projets que de faire un peu de catch pour essayer de se soumettre mutuellement ou de se disputer un morceau de viande particulièrement appétissant. Rien de bien fatigant en soi.

TJ tendit un tee-shirt à Cole. Non, pas un tee-shirt. Un maillot de corps. Le maillot de corps de TJ. Cole regarda son ami et constata qu'il n'avait effectivement plus que sa chemise à carreaux, celle qu'il portait en temps normal par-dessus le maillot de corps qu'il lui présentait actuellement. Cole aurait voulu savoir ce qu'il était advenu de ses propres habits, mais la seule idée de formuler une pensée le rendait nauséeux, alors il enfila le vêtement – non sans mal, puisqu'Ari refusait de le lâcher.

— Si j'arrête de te toucher, tu vas péter un plomb, expliqua-t-il, sur le ton de l'avertissement.

C'était de la folie, mais quand bien même ils avaient raison… Ari comptait faire quoi, au juste ? Rester collé à lui en permanence ? Malgré tout, Cole ne posa aucune question ni n'émit de plainte quand Ari l'aida à se relever et à garder son équilibre, tandis que TJ s'agenouillait à ses pieds et lui mettait ses chaussures, comme s'il n'était qu'un enfant. Il aurait dû trouver la situation humiliante, sans doute. Pourtant, ce n'était pas le cas, soit parce qu'il était trop profondément sous le choc soit parce que le toucher d'Ari lui permettait vraiment de ne rien ressentir. Mais il s'en fichait, tant qu'il pouvait suivre Ari jusqu'au groupe de maisons où vivait la meute sans perdre l'esprit.

Cela lui suffisait.

Chapitre 1

Ils ne s'embarrassèrent pas du reste de leurs affaires ; ils se contentèrent d'attraper leurs téléphones, puis ils partirent en direction de la maison de Cole dès qu'ils furent tous rhabillés. De toute façon, rien ne pourrait les débarrasser de la puanteur du sexe ou masquer la nouvelle odeur de Cole. Il était plus question de faire preuve de discrétion que de garder un secret.

En fin de compte, ce qui alerta les gens et les fit sortir, ce fut l'heure. Les garçons n'étaient pas attendus avant la fin d'après-midi au plus tôt, voire le lendemain – après tout, ils en avaient fini pour de bon avec leurs cours –, or ils revenaient au point du jour.

Certes, Cole aurait préféré que *personne* ne le voie dans cet état, mais tomber sur sa mère – qui terminait certainement son jogging matinal – fut trop pour lui. Il s'arracha à la main d'Ari et s'effondra à genoux. L'air lui manquait, comme s'il se noyait, et il tremblait si fort qu'il ne pouvait pas serrer les mâchoires pour empêcher ses dents de claquer.

— Cole ! cria sa mère, qui réduisit la distance entre eux en un rien de temps.

Elle s'agenouilla à ses côtés et lui toucha le visage, mais il ferma les yeux. Il refusait de la regarder, refusait de voir... Puis une main puissante se posa sur sa nuque, et il put à nouveau prendre une inspiration, toujours irrégulière, toujours hésitante, mais *possible*, au moins. Malheureusement, ça signifiait aussi qu'il pouvait entendre sa mère à présent et distinguer ses paroles.

— Que s'est-il passé ? Comment... ?

Cole ne répondit pas, ne releva pas la tête non plus. Même le calme étrange que la caresse d'un alpha lui procurait ne pouvait compenser la noirceur de ses pensées. Évidemment que sa mère voulait comprendre ce qui s'était produit, puisqu'il n'existait pratiquement aucun mâle oméga. Et pourtant...

— C'est pour l'aider à garder son calme que tu le touches ? reprit-elle sur un ton glacial.

— Ouais, ça...

Ce fut en entendant la voix de TJ que Cole réalisa que c'était sa main à lui qui était contre lui.

— Très bien, le coupa-t-elle. Viens, Cole, rentrons.

Il y avait un moment maintenant qu'il la dépassait en taille, mais cela n'avait aucune importance. Elle avait des muscles solides, et ce fut elle qui l'aida doucement à se redresser. TJ resserra sa poigne sur sa nuque pour ne pas perdre le contact, malgré la position étrange dans laquelle cela le mettait, et ne le lâcha pas tandis qu'ils se dirigeaient vers la maison.

La mère de Cole indiqua un canapé du doigt et leur ordonna de s'asseoir. Puisque Cole ne bougeait pas, TJ appliqua une pression sur son cou pour l'encourager à se baisser. Cole s'installa, et TJ, qui ne pouvait pas faire autrement vu comme il le tenait, se plaça à côté de lui.

— Je vais juste..., commença TJ, mais Cole ne le regarda pas. Je vais juste décaler ma main, ça ne durera qu'une seconde.

Il fut fidèle à sa parole, si bien que la terreur de Cole n'eut pas le temps de refaire surface. TJ lui avait pris le poignet, à présent, et Cole put ainsi s'avachir contre le dossier du canapé et fermer les yeux. Cela ne lui permit pas d'occulter le monde extérieur pour autant ; il avait l'ouïe fine, suffisamment pour savoir qu'Ari se trouvait également dans la pièce et que sa mère s'activait à la cuisine, à l'autre bout de la maison.

Malgré tout, il se satisfaisait de cette relative tranquillité. Il se satisferait de tout ce qui rendrait la situation un peu plus calme, un peu moins...

En entendant sa mère revenir, Cole rouvrit les yeux, mais surtout parce qu'il avait senti TJ se raidir à ses côtés. Elle remplissait la moitié d'un verre d'un liquide rougeâtre.

— Bois.

Cole s'exécuta et découvrit, très étonné, que le breuvage avait un goût d'alcool. Non pas que ses parents s'opposent à ce qu'ils boivent, simplement, l'alcool n'avait aucun effet face à leur métabolisme de loup-garou. Stupéfait, il leva brusquement les yeux, avant de les baisser très vite. Cependant, sa mère surprit son regard et expliqua :

— C'est une forte dose, et il y a de la belladone dedans. Ça t'aidera à te calmer.

Il hocha la tête et se remit à siroter son remontant. Le goût était trop suave – rien à voir avec le vin ou la bière que ses camarades de classe humains avaient voulu lui faire boire et qu'il n'avait pas aimés –, et Cole avait l'impression que le liquide allait lui boucher la gorge. Mais comme il n'y avait qu'un demi-verre à ingurgiter, il parvint à le terminer, avec un petit effort.

Il releva alors la tête, dans l'intention de rendre le verre à sa mère. Cependant, elle était à présent au téléphone, de l'autre côté de la pièce. Ce fut Ari qui le lui prit des mains. Les Converse rouges de ce dernier étaient recouvertes de boue et de brins d'herbe. Cole se demanda vaguement, mais sans plus, si le breuvage allait bientôt faire effet. Intellectuellement, il était inquiet ; pourtant, il ne parvenait pas à associer le moindre sentiment à cette anxiété.

Puis la voix de sa mère se tut. Elle avait raccroché, comprit-il. Les chaussures d'Ari disparurent promptement de son champ de vision, et TJ se raidit. Ils avaient peur, réalisa-t-il. Ils craignaient que sa mère ne leur reproche les événements. Après tout, les alphas étaient censés protéger les bêtas et les omégas.

— Le Dr Jaswinder va bientôt arriver, lança-t-elle. TJ, lâche-le, mais ne t'éloigne pas.

TJ retira sa main rapidement, comme si Cole était soudain en feu. Cole allait émettre un commentaire, mais il l'oublia très vite quand le raz-de-marée d'émotions que TJ avait réprimé revint brusquement l'engloutir. Il se recroquevilla vers l'avant, trop accablé pour parler. Sa mère s'agenouilla alors à ses pieds et lui caressa gentiment le dos.

— Ça va aller. Laisse-les te submerger. Ça fait peur, je sais, mais c'est déjà en train de se produire. Tout ira bien.

Cole s'étrangla à ces mots. Ce n'était pas vrai. Même dans son état, il avait entendu le cœur de sa mère manquer un battement quand elle lui avait menti.

— Oh merde, Cole, dit-elle, après avoir compris son erreur. Tout va bien se passer. Je ferai tout pour.

Elle se pencha vers lui pour l'enlacer complètement, et il savoura le réconfort qu'elle lui apportait, tandis qu'il s'autorisait à trembler dans ses bras. Ce n'était pas aussi grave que ça l'avait été ; cette fois-ci, il parvenait à respirer. Malgré tout, il était totalement foutu, et il ne pouvait rien y faire. Une fois que l'éveil avait eu lieu, ils ne pouvaient plus revenir en arrière.

Il était coincé avec sa nature d'oméga.

Plus tard, sa mère l'accompagna jusqu'à la salle de bains, et il découvrit alors que TJ et Ari n'étaient plus là, mais il ignorait où ils étaient partis, et quand. Une fois qu'il se fut affalé sur le siège des toilettes, elle l'aida à déboutonner sa chemise et lui ôta ses chaussures. Elle eut ensuite un instant d'hésitation ; Cole tremblait toujours trop pour que défaire ce bouton-là soit une partie de plaisir, cependant, sa mère ne semblait pas à l'aise à l'idée de lui ouvrir le *jean*. Cole, en tout cas, ne voulait pas qu'elle s'en charge, lui qui n'avait déjà plus toute sa tête.

— Tu peux faire le reste ? Je vais me tourner, lança-t-elle.

Puis elle se dirigea vers la douche pour laisser chauffer l'eau, tandis qu'il se débattait avec sa fermeture éclair et retirait enfin son pantalon. Il ne portait rien en dessous. D'une voix détachée, sa mère demanda :

— Tu peux y arriver ?

Cole n'en était pas certain, mais il était hors de question qu'il se fasse laver par sa mère comme quand il avait cinq ans. Les yeux rivés sur le bac de douche – par chance, elle n'avait pas choisi la baignoire –, il s'avança d'un pas. Il lança un coup d'œil hésitant du côté de sa mère et découvrit qu'elle s'était tournée vers lui et fixait son visage. Elle craignait sans doute qu'il tombe. Mais quand il songea combien il devait empester, pour son nez sensible à elle, son ventre se retourna et il rougit de honte. Elle s'avança, ouvrit la cabine de douche pour lui, puis claqua de la langue d'un air désapprobateur.

— Allez, viens. Va là-dedans avant que l'eau ne tiédisse.

C'était une inquiétude ridicule : ils possédaient leur propre citerne. Jamais l'eau n'avait refroidi, même quand les membres d'autres meutes logeaient chez eux.

Cole dut s'accrocher au côté de la paroi de la douche afin de pouvoir lever suffisamment le pied pour entrer dans le bac. Sentir l'eau le fouetter tout à coup fut presque insupportable pour son cerveau surchargé. Il resta figé ainsi un long moment, avant d'avoir l'idée de poser la paume de son autre main contre les carreaux, sur le côté de la douche, pour soutenir son poids.

— Je reviens dans cinq minutes, lança sa mère dans son dos.

Puis la porte de la salle de bains fut ouverte et refermée.

Il laissa le jet s'abattre sur lui plusieurs minutes – plus de cinq, probablement –, puis rouvrit les yeux et étudia du regard les bouteilles multicolores. Il en choisit une au hasard – déjà qu'il avait du mal à lire quand il avait l'esprit clair, alors là... – et la renifla. Fraise, le parfum préféré de sa sœur. Il s'en versa dans la main et s'adossa maladroitement au mur pour se soutenir. Puis il referma les paupières et se frotta les cheveux. Il se fichait un peu d'être propre, mais il avait besoin de remplacer l'odeur de sexe par autre chose. N'importe quoi ferait l'affaire.

Le parfum du produit lui donna la nausée. Lorelei ne devait pas avoir un odorat très développé pour utiliser ce truc – ce qui était sûr, en tout cas, c'était qu'elle se souciait bien trop de sa crinière brune brillante pour une gamine de six ans. Ce produit était écœurant à mort et la fragrance tellement artificielle qu'elle en avait le *goût* du plastique. Maintenant, Cole ne sentait plus ni TJ, ni Ari, ni... ce qu'ils avaient fait, mais il dut prendre plusieurs goulées de vapeur d'eau pour refouler sa nausée. Il s'empara sans tarder d'une autre bouteille pour se frotter encore les cheveux et le corps. Pour le coup, il s'obligea même à enfoncer ses doigts dans la zone où l'essentiel de l'odeur était concentré, et pas seulement dans ses poils pubiens et sur sa verge.

Il le fit une première fois, puis une deuxième. Il aurait aimé utiliser la douchette pour le faire plus proprement, mais il tomberait à coup sûr s'il s'y risquait. Même avec une guérison si rapide qu'elle ressemblait aux effets spéciaux d'un film, se faire mal n'était pas marrant. Et il ne supporterait pas l'humiliation qui en résulterait si *sa mère* le trouvait sur le sol de la douche, pas plus que...

Il coupa l'eau, les mains tremblantes.

Il ouvrit ensuite la paroi et faillit tomber pour de bon en découvrant son père assis sur le siège des toilettes. Il le dévisagea, les traits tirés, l'air inquiet, et Cole en eut le ventre noué. Il détourna le regard comme s'il venait d'être giflé.

— Ta mère m'a demandé de t'apporter une serviette. Tu veux bien me laisser t'accompagner jusqu'à ta chambre, pour être sûr que tu y arrives en un seul morceau ?

Son père s'était exprimé d'une voix basse et rauque, loin de son ton d'ordinaire taquin ou léger.

D'abord incapable de bouger, Cole sortit finalement de la douche en voyant son père approcher, le bras tendu. Il ne dit rien non plus lorsqu'il lui posa une serviette sur les épaules, et quand il lui demanda de la tenir, Cole s'exécuta. Son père attrapa même une serviette plus petite pour lui essuyer un peu les cheveux. Ses mèches étaient de nouveau trop longues et suffisamment épaisses pour imbiber son oreiller s'il ne les séchait pas. Son père lâcha finalement la petite serviette, puis le prit par le coude et le fit sortir de la pièce.

Le couloir lui parut froid, après la salle de bains chauffée, mais au moins, sa chambre était juste à côté. Cependant, dès qu'il fut dans l'embrasure, l'odeur de son ancien lui le frappa, comme s'il avait heurté un mur de briques. Il poussa un cri et trébucha en arrière. Il serait tombé sans son père pour le retenir et le faire reculer.

— Merde. D'accord, attends.

Il referma la porte un peu trop fort.

— Viens, ajouta-t-il. On va t'installer dans une chambre d'amis.

DÈS QUE COLE FUT ALLONGÉ, il s'endormit en un rien de temps. Il s'était réfugié dans le sommeil comme un enfant longtemps égaré se réfugierait dans les bras de ses parents. Ce n'était certes pas son propre lit, mais il était en sécurité, ce que son loup et lui savaient. Il avait alterné sommeil et éveil pendant la journée, mais ce ne fut qu'en plein cœur de la nuit, quand le clair de lune lui éclaira le visage, qu'il reprit véritablement conscience de son environnement.

Il reconnut la chambre d'amis, bien sûr, étant donné qu'il avait aidé un million de fois à la préparer pour les invités. Il lui fallut en revanche quelques instants supplémentaires pour se souvenir de la raison de sa présence dans cette pièce. Il grogna alors et se cacha le visage contre les draps. Ce qui ne fit qu'empirer la situation, puisque la couverture sentait l'oméga.

Les loups-garous, à l'instar des humains, s'habituaient à leur propre senteur, si bien qu'ils n'étaient plus capables de la détecter à moins de bien chercher. Cependant, la fragrance de Cole avait changé si radicalement que son cerveau l'identifiait à présent comme inconnue. En plus, les omégas étaient réputés pour avoir un odorat plus affûté que les bêtas, ce qui n'aidait pas vraiment. Il souffla. Maintenant qu'il n'était plus aussi épuisé, il pouvait recommencer à réfléchir à tout ça.

Il était un oméga. Il n'y avait aucun retour en arrière possible. Être oméga signifiait également être en chaleur à la pleine lune. Du moins en allait-il ainsi pour les femmes. Il n'avait jamais entendu parler d'une fille ayant ses chaleurs pour la première fois une bonne semaine avant la pleine lune. Mais bon, la bizarrerie génétique fortuite qui avait fait de lui un oméga bien qu'il soit un mâle pouvait être aussi à l'origine de cette particularité. Après tout, il avait été une exception toute sa vie.

Les corps des loups-garous étaient réputés parfaits : jamais malades, se remettant très vite des blessures et même immunisés contre les addictions, puisque leur organisme rejetait tout ce qui pouvait leur faire du mal bien longtemps avant qu'ils ne puissent ressentir la dépendance.

Pourtant, malgré son statut de loup-garou, jamais Cole n'avait été capable de lire et écrire correctement. Ses parents s'étaient montrés si incrédules quand on les avait informés qu'il était sans doute dyslexique que ses enseignants l'avaient pris à part ensuite pour lui poser quelques questions. Heureusement, grâce à sa nature de loup-garou et son appartenance à la meute, Cole était rodé en matière de secrets, même à cinq ans, et il avait trouvé une explication plausible à l'effarement de ses parents. Il avait certes dû attendre d'être en CE1 pour maîtriser les bases de la lecture et de l'écriture, mais il n'était pas un imbécile pour autant. Il savait que ses parents l'aimaient et que les adultes qui n'étaient pas membres de la meute ne les comprenaient pas.

Alors, il s'était tu, et tout allait bien pour lui à présent. Il avait voulu arrêter les études après son diplôme de fin de collège, mais ses parents l'avaient convaincu de s'accrocher encore quelque temps. Cole pouvait bien sûr rester vivre sur le territoire de la meute et y effectuer diverses tâches toute sa vie, mais sa mère, avocate, était persuadée que son fils était capable de faire bien plus que couper du bois et réparer les toits qui fuyaient. Elle lui avait procuré tous les outils rêvés pour un gamin dyslexique – de la règle de lecture colorée jusqu'au logiciel qui récitait le texte à haute voix, avant même que les smartphones ne disposent de cette option –, puis elle lui avait demandé si souvent d'essayer qu'il avait été plus facile pour Cole de le faire que de démontrer qu'il n'en avait pas la capacité.

Au début, il avait catégoriquement refusé d'envisager d'obtenir un diplôme supérieur, mais il savait aussi qu'elle était plus entêtée que lui. Dans la ville ridiculement petite où ils résidaient, il n'aurait aucune chance de trouver un emploi. Alors, il s'était intéressé aux filières technologiques, dont sa mère lui avait envoyé les liens. La mécanique ne lui avait pas paru trop mal, sincèrement. En plus, il voulait plus que tout avoir sa propre voiture au plus vite. Il ne s'était pas attendu à être doué dans ce domaine. Une chose était sûre, il ne s'était pas attendu à être assez doué dans ce domaine pour finir ses études avec un boulot en poche.

Oh, Seigneur, pensa-t-il, les larmes aux yeux. *Merde, mon boulot...* Il allait devoir le refuser. Il avait déjà du mal à regarder sa famille en face, alors comment allait-il pouvoir affronter les gars de la ville, s'il... Il roula sur le lit et tomba par terre dans un bruit sourd, accroupi. Il avait besoin de bouger. Il aurait voulu courir, se métamorphoser, mais... avait-il le droit de le faire ? Il était sur le territoire de la meute, donc en théorie il était en sécurité, mais... Mais les omégas devaient se montrer prudents.

Il n'était pas totalement inconscient ; il savait que les filles ne rentraient pas seules le soir à la nuit tombée, comme lui le faisait parfois sur un coup de tête quand il décidait de fausser compagnie à TJ et Ari. Et les omégas... Les alphas étaient censés prendre soin d'eux, cependant, les alphas étaient aussi réputés pour désirer les omégas plus que de raison. Pour vouloir coucher avec eux.

Si Cole sortait, c'était ce qui se produirait. Les alphas de la meute reconnaîtraient son essence et... Il posa son front contre le parquet, le souffle court.

Rien à faire, pensa-t-il. Il avait bien trop besoin de bouger. C'était le milieu de la nuit, de toute façon, et il était rapide.

Il enleva son tee-shirt et l'abandonna sur le lit, mais garda son short. Mieux valait éviter d'exhiber ses parties devant son père, s'il ne dormait pas encore. Et s'il laissait son short sous le porche, il pourrait le remettre ensuite quand il reviendrait chez lui.

Sortir de la maison fut d'une facilité déconcertante. Le calme régnait ; les odeurs de ses parents et de son frère et sa sœur s'étaient estompées dans le salon. Cette dernière avait encore dû se relever une fois les adultes couchés et regarder la télé tard. Il percevait d'instinct que sa fragrance était plus forte – donc plus récente – que celles des autres.

Tout n'était pas si mal. Ce n'était jamais le cas, dans aucune situation. Il savait qu'il avait lui-même ses propres atouts. En conclusion, il devait aussi y avoir du bon dans sa nature d'oméga. Il devait y avoir une compensation, en quelque sorte. Quelque chose qui pourrait rattraper le fait qu'il avait accidentellement couché non pas avec un, mais avec ses deux meilleurs amis, alors qu'il avait l'esprit tellement ailleurs à ce moment-là qu'il s'en souvenait à peine.

Il aurait voulu ne pas oublier.

Et il souhaitait tout autant que cela n'ait jamais eu lieu.

Il abandonna son short sur le fauteuil du porche et s'élança, appelant son loup. C'était risqué ; il suffisait d'une légère erreur de calcul pour que la métamorphose ne survienne pas assez vite et ne lui permette pas d'atterrir proprement sur ses pattes. Mais il se savait capable d'y arriver.

Il se posa sans heurts sur le sol et se servit de son élan pour avancer, sa queue se balançant, l'équilibrant, alors que tout un monde de sons et de senteurs s'ouvrait à lui, à l'instar de la vue des humains qui s'affinait dès le lever du soleil. Sans y réfléchir délibérément, il pista l'odeur d'un lièvre ; il n'eut qu'une brève pensée consciente en plongeant les dents dans la chair de l'animal avec soulagement, tandis que le sang épais, salé et délicieux inondait sa bouche. Il avait raté bien trop de repas dans la journée ; tout ce que son corps avalait désormais le comblait.

Une fois rassasié, il retourna chez lui. Il aurait aimé courir pour toujours, s'enfuir. Peut-être que s'il ne s'arrêtait jamais de cavaler... Cependant, il n'était pas aussi stupide. Il ne pouvait pas échapper à son loup, à la lune ou à lui-même. Sous cette forme, il était encore plus évident qu'il avait radicalement changé ; sa fragrance devenait un véritable marqueur de statut, avec tout ce que ce dernier impliquait, plutôt qu'un simple mot et une essence étrange.

Arrivé chez lui, il s'immobilisa. Il y avait quelqu'un. Pas n'importe qui. C'était TJ, pelotonné dans le fauteuil, caché dans l'ombre. Mais les loups voyaient dans le noir. TJ fixait Cole du regard et se relevait déjà.

— Je peux partir, si tu veux, dit-il.

Cole hésita quelques instants, essayant de déterminer ce que son instinct lui soufflait. Un peu plus tôt dans la journée, le contact de TJ avait agi comme un véritable baume, faisant disparaître toutes ses terreurs, comme s'il s'était tout à coup retrouvé enveloppé dans une immense couverture de tranquillité. Cependant, étant donné qu'il ne paniquait pas en cet instant, l'idée que ses sentiments soient étouffés n'était pas attirante.

TJ s'éloigna de son siège d'une démarche hésitante, et Cole prit une décision. Tant que TJ ne le touchait pas, il n'y aurait aucun problème, et comme il n'était visiblement plus... irrésistible, disons, son ami ne ferait rien de la sorte. Alors, il sauta sur le porche et, quand il s'avança vers le fauteuil, TJ fit d'instinct un pas en arrière.

Les loups-garous n'étaient pas plus agressifs que leurs alter ego humains, cependant, il leur arrivait de chercher à mordre si leur espace personnel était envahi. En d'autres termes, mieux valait éviter de le faire quand on était sous forme humaine. Cole ignora TJ et s'approcha de son short.

Il se sentit alors coincé. Il s'était transformé des milliers de fois devant son meilleur ami, mais ça, c'était avant que TJ... Cole pivota vers celui-ci, qui ne cessait de le fixer, émerveillé, et lui grogna dessus. TJ sursauta comme s'il avait reçu une décharge électrique, et ses yeux s'écarquillèrent.

— Merde, pardon !

Il tourna le dos à Cole pour que celui-ci puisse se métamorphoser et, même s'il avait probablement entendu l'élastique du short enfin enfilé, il ne se retourna pas non plus.

— C'est bon, dit Cole.

TJ pivota à toute vitesse, le regard un peu fou, passant du visage au corps de Cole.

— Ça va ?

Cole haussa les épaules, les yeux braqués sur le côté pour ne pas avoir à les baisser. Il ne voulait pas faire preuve de soumission – et n'avait, apparemment, aucune inclination naturelle à ça –, mais il ne souhaitait pas pour autant fixer TJ dans les yeux.

— Ouais.

Son ami avala sa salive, mais ne répondit pas. Cole sentait comme TJ avait du mal à garder contenance.

— Je suis désolé, dit TJ. Je... Je ne peux même pas... Je...

— Arrête ! le coupa brutalement Cole, qui avait perdu son calme.

— Mais...

— Tu crois que je ne sais pas que les alphas ne peuvent pas s'en empêcher, quand ils croisent un oméga en chaleur ?

— Oui, mais après...

— Non, répliqua Cole d'un ton ferme. Je n'ai pas le temps pour ces conneries. Je n'ai pas l'intention de t'adresser des excuses, alors ne t'avise pas de me présenter les tiennes.

TJ resta silencieux si longtemps que Cole l'observa à la dérobée. Son ami tordait la bouche, et sa douleur se lisait dans ses yeux. Il était comme un petit chiot ; il ne supportait pas que quelque chose n'aille pas bien. Sans doute parce que tout se passait toujours bien pour lui : il était intelligent, drôle, populaire, beau comme un dieu, mais pourvu de tellement de muscles que personne n'oserait s'en prendre à lui par jalousie de ces qualités.

— Tu es désolé pour moi ? demanda Cole d'une voix glaciale.

Il n'était pas encore capable de regarder TJ dans les yeux, mais il ne fronçait pas les sourcils.

— Non ! répliqua immédiatement TJ.

Il mentait ; ils entendirent tous les deux le cœur de TJ manquer un battement. Pourtant, TJ insista :

— Non, ce n'est pas... Je ne peux pas t'aider... J'aimerais juste pouvoir le faire. Je ne...

— Ce n'est pas toi qui m'as fait faire un tee-shirt affirmant qu'il y avait un bon côté en toute chose ? lui lança Cole sur un ton de défi.

C'étaient les difficultés de lecture de Cole qui avaient inspiré la citation sur le vêtement, évidemment, mais peut-être pas seulement. Pourtant, Cole avait eu trop peur de demander à TJ si celui-ci avait deviné qu'il aimait les hommes.

Cela n'avait eu aucune importance à l'époque. Il n'avait pas eu l'intention de faire quoi que ce soit pour son attirance, puisque tout le monde considérait qu'avoir des enfants était primordial pour maintenir la meute en vie.

Il pourrait en avoir aujourd'hui, cependant.

— D'accord, c'est vrai. D'accord, je... C'est juste que je ne le vois pas pour l'instant. Si tu... Si tu as besoin de quoi que ce soit... Tu sais que je suis là, hein ?

Sa voix exprimait un tel espoir que Cole le regarda malgré lui en face. Et eut l'impression de se retrouver pris au piège ; ni TJ ni lui n'étaient en mesure de briser cette connexion. TJ se montra le plus fort, il parvint à baisser les yeux. Il ajouta alors :

— Ari aussi. Il pensait que nous devrions te laisser du temps, mais...

— Ça va, répliqua Cole. J'ai eu assez de temps. Désolé de vous avoir fait flipper.

TJ émit un son qui donna l'impression qu'il s'était pris un coup en pleine gorge. Mais il ne chercha pas le regard de Cole. Peut-être ne pouvait-il pas retenir son sentiment de culpabilité. Ça ressemblerait bien à TJ. Cependant, Cole lui serait reconnaissant d'arrêter d'en parler autant.

— Je dois y aller.

— OK.

— Je... Je reviendrai. Pas demain, tu dois voir le docteur d'après ta mère. Mais après-demain, peut-être ?

— OK, répéta bêtement Cole.

Pourquoi devait-il voir un médecin ? Être oméga n'était pas une maladie.

Tournant les talons, il rentra dans la maison, abandonnant TJ dans le noir.

Chapitre 2

Le Dr Jaswinder était plus vieux que les parents de Cole. Bien que leur meute ne soit pas bien grande, Cole n'avait pas le souvenir d'avoir déjà échangé quelques mots avec le médecin.

— Je vois que vous avez dépassé votre état de choc, commenta ce dernier, qui ne s'était guère montré loquace avec la mère de Cole quand elle lui avait proposé de boire ou manger quelque chose.

Cole dévisagea le médecin de l'autre côté de la pièce et croisa délibérément son regard. C'était un alpha, mais Cole n'en avait rien à cirer.

— En effet, répondit-il d'une voix traînante. Je vais bien, maintenant.

Le Dr Jaswinder inclina la tête.

— C'est ce que je vois. Mais ça ne va pas durer.

Cole essaya de ne pas bouger, cependant, son cœur trahit son inquiétude.

— Comment ça ? répliqua-t-il d'un ton monotone.

— Les omégas ont des besoins. Or, d'après ce que j'ai entendu, les vôtres ont été comblés.

Cole se sentit rougir, mais il se refusa à esquisser le moindre geste. Il ne savait pas quoi répondre, cependant, le docteur semblait satisfait de pouvoir continuer tranquillement.

— À moins que vous ne soyez déjà enceint, il vous faudra l'être bientôt.

La voix de sa mère le sortit de sa transe, et il réalisa alors qu'il avait détourné le regard.

— Au nom de la Lune, qu'est-ce qui vous prend ? grogna-t-elle.

Cole observa la réaction du médecin face à ce ton qui inspirait la terreur même aux humains ; le Dr Jaswinder se redressa et se tourna vers elle. Un alpha savait toujours d'où venait la réelle menace.

— Je lui dis la vérité, répliqua-t-il.

— Mais on la connaît, rétorqua-t-elle sèchement. Nous avons besoin de vous pour la rendre plus facile à accepter, pas pour jouer avec les sentiments de mon fils quand il est le plus vulnérable.

— Vous pensez que c'est le déni qui l'aidera sur le long terme ?

— Je ne suis pas dans le déni, intervint Cole, enfin à nouveau capable de s'exprimer.

Il s'était senti en sécurité dès que sa mère s'était interposée. Elle ne laisserait jamais personne lui faire du mal.

— Alors, avez-vous réfléchi avec qui vous alliez vous accoupler ? demanda le médecin.

Cole aurait bien voulu parler, mais il avait la bouche sèche.

De toute façon, il ne savait pas quoi répondre.

— Il a un mois pour le faire, s'en mêla sa mère. Il n'est pas obligé d'y penser à la seconde.

— Pensez-vous réellement que les gens sont aussi modernes de nos jours ? questionna le docteur sur un ton presque moqueur. Il a couché avec eux. Plus personne ne le touchera, désormais.

Cole enfonça ses ongles dans ses paumes pour s'empêcher de réagir bruyamment. Ce type était un connard, mais il ne mentait pas. Le cœur du médecin n'avait pas manqué un battement, ce qui aurait déjà suffi à prouver qu'il était *convaincu* de dire la vérité. Mais en l'occurrence, le Dr Jaswinder ne mentait vraiment pas ; Cole savait combien les alphas étaient obsédés par la virginité de leurs omégas.

Et Cole n'avait pas batifolé avec un humain en ville ; il s'était fait prendre par deux alphas pendant ses chaleurs.

Il y avait de grandes chances qu'il ait été mis enceint par deux alphas à peine en âge de procréer et qui prévoyaient de partir à l'automne à la fac. Il aurait aimé pouvoir s'asseoir, mais il s'était trop écarté des fauteuils et canapés ; quand il trébucha en arrière, seul un mur le rattrapa. Il s'appuya dessus, respirant pour réfléchir. Il n'entendait plus ce que les autres disaient. Du moins, il n'arrivait pas à déchiffrer suffisamment les mots pour les comprendre. Il était reconnaissant de ce petit moment de répit.

Puis une main lui entoura le poignet, forte, implacable, et les paroles transpercèrent le brouillard.

— Cole, dit sa mère.

Quand il leva la tête, le monde retrouva toute sa netteté en un instant. Il comprit alors pourquoi : TJ et Ari n'étaient pas les seuls à pouvoir l'influencer ; tous les alphas en étaient capables. Même sa mère. Il ne savait pas s'il devait en rire ou en pleurer, mais comme il n'était en mesure de faire ni l'un ni l'autre à l'heure actuelle, cela n'avait pas grande importance.

Elle le regarda dans les yeux, fermement, l'empêchant de bouger.

— Je vais y aller, maintenant. Je l'ai viré de la maison, et il ne reviendra pas.

Cole remarqua alors que le médecin était parti. De sa main gauche, il maintint celle de sa mère sur son poignet.

— Pourquoi est-ce qu'il a fait ça ?

— Parce que c'est un connard, répondit-elle simplement.

Il la fixa du regard : il n'avait jamais entendu sa mère jurer – même pas dire « mercredi » à la place de l'autre mot.

— Il est le genre d'alpha qui ne mérite pas le titre. Il aime le pouvoir plus que tout, plutôt que de prendre soin des gens, et il...

Elle marqua une pause.

— Il n'est pas important.

— Mais c'est la vérité, non ? demanda-t-il, un peu triste à présent, malgré les caresses apaisantes de sa mère. Je pourrais être...

Il ne finit pas sa phrase, mais elle la devina à son expression.

— Non, tu ne l'es pas, l'interrompit-elle. J'ai parlé à TJ et Ari, expliqua-t-elle. Ils étaient sûrs d'eux.

Cole était curieux de savoir d'où leur venait cette conviction, mais il n'avait pas envie de connaître la réponse au point de poser la question à sa *mère*. Ça n'avait pas d'importance, de toute façon. Si elle était certaine, il la croyait.

— Mais je le serai, un jour, répliqua-t-il à la place.

Les doigts de sa mère se resserrèrent autour de son poignet. Il leva la tête et remarqua son air pincé.

— Oui, confirma-t-elle d'un ton égal. Mais pas la peine de l'être tout de suite. Tu peux... Tu peux avoir tes chaleurs sans tomber... Il y a un mâle oméga dans la meute de mon amie Celia. Je vais l'appeler pour qu'elle voie si l'on peut le rencontrer.

Elle jeta un coup d'œil à leurs mains jointes et attendit que Cole acquiesce avant de le lâcher. Il ne ressentit pas le même raz-de-marée d'émotions que lorsque TJ avait arrêté de le toucher l'autre fois, mais ce fut comme se réveiller complètement.

Il fronça les sourcils. Sa mère lui expliqua :

— Les alphas aussi doivent s'exercer à être alphas, tu sais ?

Il l'ignorait. Il avait toujours cru qu'une fois que l'éveil avait eu lieu, on savait instinctivement quoi faire. Mais bon, il était oméga depuis trois jours et n'était toujours pas plus avancé – alors, ce n'était peut-être pas insensé de se dire que sa mère avait dû apprendre, en tant qu'alpha, comment calmer un oméga.

AVANT, TJ SE SERAIT pointé chez eux et aurait simplement toqué à la porte. Désormais, il appelait au préalable, comme s'il avait besoin d'un rendez-vous pour le voir. Son père lui avait adressé un regard interrogateur pour savoir s'il était d'accord – Cole soupçonnait d'ailleurs ses parents d'être bien plus souvent à la maison que nécessaire, même si son frère et sa sœur de huit et six ans étaient en vacances d'été, mais il ne pouvait pas le prouver. Il avait accepté d'un signe de tête.

Les choses ne pouvaient pas vraiment revenir à la normale, et il n'était pas assez stupide pour essayer... Néanmoins, ils pouvaient mater un film ou jouer à des jeux vidéo, même s'il était un oméga. Ce n'étaient pas ses mains qui étaient cassées.

Il sursauta en découvrant qu'Ari accompagnait TJ. Ce qui était idiot ; il aurait dû percevoir les battements de cœur bien distincts de ses deux amis, ainsi que leurs fragrances différentes, puisque son propre odorat venait de s'améliorer.

Ari fit un brusque pas en arrière et se cogna à TJ qui dut s'accrocher à la veste d'Ari pour éviter de tomber du porche. Cole renifla avec dérision. Ils étaient tellement maladroits.

De ses yeux verts, Ari chercha son regard.

— Tu as l'air d'aller mieux.

Cole haussa les épaules sans commenter.

— Entrez. J'ai du pop-corn.

Ils le suivirent sans un mot, du moins jusqu'à ce que TJ voie la télévision et le jeu qui y était en pause.

— Mario ? Tu es sérieux ?

— Oh, la ferme, dit Cole, qui faillit sourire face à l'aisance de l'échange. Lorelei y jouait avant de partir au centre aéré.

Ari récupéra une des manettes.

— Et *tu* jouais avec elle. C'est réglé sur deux joueurs !

— Ouais, bref. Je suis un bon grand frère. Je ne voulais pas l'entendre se plaindre que jouer seule, c'est ennuyeux.

— C'est ça, ne fais pas le malin, tu vas te faire marcher dessus par tes enfants...

Si TJ n'avait pas terminé sa phrase en balbutiant, Cole lui aurait sans doute fait un doigt et ça en serait resté là. Mais puisque TJ avait insisté, Cole ne put que se souvenir. *Des enfants*. Il en avait toujours voulu, dans un futur hypothétique. D'ici dix ans, peut-être, quand il serait adulte, aurait un boulot et sa propre maison ainsi que...

Il quitta le salon pour rejoindre la cuisine. Il avait la poitrine serrée, comme s'il avait des difficultés à respirer ou que son cœur n'avait pas assez de place pour battre. Peut-être qu'un peu de nourriture aiderait TJ à fermer sa gueule.

Il n'imaginait pas être resté aussi longtemps dans la pièce, mais lorsqu'Ari toqua à la porte ouverte, le micro-ondes était éteint et Cole ignorait qu'il avait sonné. Il regardait simplement dans le vide, sans se souvenir de ses pensées. Il se tourna vers son ami qui n'avait pas bougé de l'encadrement, comme s'il n'osait pas avancer.

— TJ m'a dit que tout allait bien entre nous... ?

Cole soupira, puis hocha la tête, les yeux rivés au plan de travail.

— Ce n'était la faute de personne. C'est un accident, putain.

— D'accord, accepta Ari avec décontraction.

Ari était un jeune homme décontracté. TJ était devenu son ami en premier, mais quand Cole essayait de se souvenir de l'époque où ils n'étaient que tous les deux, il avait le vague sentiment qu'il leur manquait quelque chose. Cole avait son petit caractère, TJ était un plaisantin, mais Ari, lui, était un stratège calme. Ils se complétaient, et lorsque l'un d'eux n'était pas là pour une raison quelconque, les deux autres ressentaient chaque fois vivement son absence.

— Mais cet accident n'était pas que ta faute. Je suis venu payer les pots cassés, insista Ari.

Cole renifla et lui lança un regard incrédule. Son ami lisait bien trop de livres ; être un homme bien ne lui suffisait pas, il fallait toujours qu'il réfléchisse au pourquoi et au comment.

— Prends du Pepsi dans le frigo, d'accord ? demanda Cole, en sortant le pop-corn du micro-ondes.

Il pouvait accepter le soutien d'Ari, mais à condition que celui-ci n'en parle pas.

QUAND ILS EN EURENT marre de jouer, ils mirent le dernier *Avengers*. Ils avaient fini le pop-corn, les chips et les bonbons au chocolat. Cependant, il y avait assez d'explosions et de cris dans le film pour que personne ne puisse parler.

Après sa première tentative ratée de taquinerie à l'égard de Cole, TJ s'en était tenu à se moquer des compétences d'Ari à la manette. Celui-ci ne s'était pas laissé démonter, et même si Cole avait essayé de l'aider, le cœur n'y était pas. Il voulait que les choses redeviennent normales, évidemment, mais le commentaire totalement innocent de TJ s'étant transformé en mine antipersonnel, pour l'un comme pour l'autre... Leurs plaisanteries n'avaient jamais été homophobes – le père de Cole l'avait forcé à faire la vaisselle tous les soirs pendant un mois, quand il avait sept ans, parce qu'il avait traité un de ses camarades de classe de « pédé » –, cependant, ils se lançaient des vannes qui parlaient de leurs couilles, de se masturber... Ça n'avait été que des blagues. Désormais, ce n'était plus possible d'en faire. Le monde avait décidé que le sexe ne pouvait plus être un sujet amusant pour eux ; c'était tendu et dangereux. Puis tout à coup...

C'était une sensation si étrange que ce n'est qu'en baissant le regard qu'il comprit que quelqu'un venait de lui prendre la main. Il s'arracha à cette étreinte.

— Qu'est-ce que tu fous ?

Le cœur de TJ, lequel avait les yeux rivés sur l'écran, battait comme un fou quand son ami se tourna vers lui.

— J'ai juste...

Mais Cole s'en fichait. Il se leva, afin de le dominer de sa taille.

— Tu crois que tu peux... Tu crois que tu peux m'attraper comme tu veux ?

TJ le fixait comme s'il était une bombe sur le point d'exploser.

— Je ne faisais que te prendre la main ! C'est un truc d'école primaire, ça !

— Pas pour nous, hein ? répliqua Cole d'un ton un peu amer.

C'était de la folie ; à l'école primaire, tout ce qu'il attendait de la part de TJ, c'était qu'il lui propose de manger ensemble le midi.

— Ou bien tu me tenais la main en CM2 ?

TJ souffla, trahissant son agacement.

— Manifestement, non, je ne pouvais pas. Mais je pensais que maintenant...

— Que maintenant, tu pouvais, parce que vous...

Les mots restèrent bloqués dans sa gorge.

— Cole ? intervint Ari.

Cole se tourna vers lui, avec le sentiment d'être encerclé. Cependant, Ari était encore assis, et son pouls battait de manière régulière.

— On croyait que tu n'avais pas envie d'en parler.

Il ne disait pas qu'il avait raison d'agir ainsi et que Cole se comportait comme un fou, mais c'était tout comme. Il avait employé le pronom « on », comme s'ils étaient une entité séparée de Cole.

— Et alors quoi ? On n'en parle pas, mais vous pouvez faire ce que vous voulez ?

— Je voulais juste... Je voulais te le demander, expliqua TJ d'un ton calme. Mais tu m'as dit de ne rien dire, alors...

Cole pivota à nouveau vers lui. La tête lui tournait un peu, à passer ainsi d'un ami à l'autre. Puis il contourna la table basse, éteignit la télévision et se plaça dos à elle pour faire face à TJ et Ari.

— Vous ne pouvez pas laisser tomber ? Je voulais juste regarder un simple film avec vous, putain, c'est trop demandé ?

TJ, toujours tendu, clairement pas satisfait, hocha malgré tout la tête en fixant Cole droit dans les yeux.

— D'accord.

Ari confirma à son tour d'un signe de tête, et Cole ralluma l'écran.

— On va juste... regarder un peu. J'ai besoin de...

Il ne leur dit pas ce dont il avait besoin, cependant ; il n'était pas certain de le savoir lui-même. En tout cas, ils firent ce qu'il leur avait demandé, ce qui était à peu près tout ce qu'ils pouvaient faire.

Cole se réinstalla le plus loin possible de TJ et se focalisa sur le film jusqu'à réussir à lui redonner un sens.

Chapitre 3

Le mâle oméga que connaissait sa mère avait accepté de leur rendre visite, puisqu'il n'aurait pas été très avisé de la part de Cole de se présenter sur le territoire d'une autre meute dans son état actuel. Mais les bonnes nouvelles s'arrêtaient là.

Sam était blond, mince et si expansif qu'il aurait tout aussi bien pu hurler au monde qu'il était gay. Cole s'en sentit mal à l'aise, complexé. Il se raidit. Il n'était pas comme ça, *lui*. Et Sam touchait Cole. Il l'avait enlacé pour lui dire bonjour et lui avait serré l'épaule avec emphase, comme s'ils se connaissaient. Comme... Comme s'ils avaient un lien quelconque.

— Alors, ça n'a duré que cette semaine ? lui demanda Sam avec sympathie.

La mère de Cole était assise dans la pièce également, avec le bêta qui escortait Sam. Évidemment, ils ne laissaient pas un oméga se balader sans surveillance, même s'il était en couple depuis dix ans.

— Cinq jours, confirma Cole, en hochant la tête.

— Oh, trésor, tu prends vraiment ça bien. J'ai totalement perdu les pédales quand ça m'est arrivé ! avoua Sam. Je me suis réveillé un matin, et j'ai... tellement flippé que mon père a dû user de son pouvoir d'alpha pour...

Il s'interrompit, prenant sans doute conscience qu'il ne rassurait pas Cole le moins du monde.

— Mais je m'en suis remis ! ajouta-t-il gaiement.

Cole ignora à la fois les encouragements et les félicitations gratuites.

— J'aimerais vous demander…

— Tout ce que tu veux, répondit immédiatement Sam avec sérieux et sincérité.

Cole avala sa salive et essaya d'oublier que sa mère et le bêta étaient présents, et que sa question concernait un sujet intime.

— Est-ce que les chaleurs sont vraiment désagréables ?

— Non ! Elles sont géniales ! On a parfois l'impression d'être un peu submergé, mais le sexe est…

Il marqua une pause et jeta un coup d'œil du côté de la mère de Cole. Il était plus jeune qu'elle, mais suffisamment âgé pour pouvoir enseigner des choses à Cole.

— Hum, le sexe pendant les chaleurs est hyper intense, mais après les chaleurs, on se sent davantage soi-même, plus calme, plus concentré.

— Donc, ce n'est pas le cas tout le temps ?

— Non, non, c'est pas… C'est plus comme un bon…

Il s'interrompit une nouvelle fois.

— Comme un bon footing, tu vois ? Tu es fatigué, détendu, léger et heureux, tu vois ce que je veux dire ? Eh bien, ça ressemble à ça.

— Et que se passe-t-il si… si vous ne voulez pas coucher avec quelqu'un ?

— Oh.

Le visage de Sam se vida de toute expression.

— Si tu ne veux… Tu n'as personne à qui demander ?

Il lança un regard empreint de sympathie à Cole.

— Quoi ? répliqua ce dernier.

— Eh bien, je...

Sam jeta un nouveau coup d'œil aux autres personnes dans la pièce, et Cole soupira.

— On va dans ma chambre, annonça-t-il.

Sa mère ne craindrait pas qu'un oméga lui fasse du mal, même si l'incident avec le docteur l'avait rendue surprotectrice.

— Tu sembles avoir quelques difficultés...

— À suivre les ordres ? conclut Cole en refermant la porte de la chambre d'amis derrière son invité.

Puis il se laissa tomber sur le lit et indiqua la chaise de bureau.

— Je sais.

— C'est la première fois que je rencontre un autre mâle oméga, déclara Sam sur un ton différent.

Cole fronça les sourcils, perplexe, puis réalisa que la voix de Sam était désormais plus grave, et qu'il n'avait plus l'air aussi gai tout à coup.

Il faillit l'interpeller à ce sujet, mais il songea ensuite que ce n'étaient pas ses affaires et qu'il avait davantage besoin de réponses supplémentaires.

— Que se passe-t-il si vous ne couchez avec personne pendant les chaleurs ?

— Je ne sais pas.

Sam s'installa sur la chaise de bureau à califourchon, les bras posés sur le dossier.

— J'avais 19 ans lors de mon éveil. J'ai d'abord flippé, mais quand je me suis calmé, j'ai compris que je n'aurais plus à cacher mon copain à mes parents, désormais, expliqua-t-il, avec un haussement d'épaules. Ce n'était pas si mal.

— Êtes-vous tombé...

— Enceint ? Ouais.

Il était sérieux, à présent, mais pas triste. Cole pouvait sentir les émotions fortes comme celle-là.

— Dès les premières chaleurs, il s'est noué.

Sam détourna le regard ; il paraissait mélancolique.

— Mais j'aime les enfants, et nous avons fini par trouver une solution. Enfin, pour la plupart des gens, dix, ça peut sembler beaucoup, mais...

Il se tourna vers Cole et se figea.

— Merde, qu'est-ce que j'ai dit ?

Cole ferma les yeux quelques instants, puis il se secoua. Il n'avait pas le temps de sombrer dans l'hystérie.

— Il s'est noué ? demanda-t-il, essayant de formuler ce mot étrange.

Sam garda le silence un long moment.

— On peut tomber enceint, mais le passage n'est pas toujours ouvert. Il faut que l'alpha se noue. Ça survient quand le... gland grossit encore juste avant qu'ils jouissent. Si ça se produit, alors l'alpha ne peut plus se retirer et la semence remonte... là où elle est censée remonter.

Cole resta parfaitement immobile, méditant ces paroles.

— Mais les alphas peuvent le contrôler.

— Eh bien, en théorie.

Cole soupira.

— Pouvez-vous m'expliquer davantage ? demanda-t-il le plus poliment possible malgré son ton pincé.

— Ouais, désolé. Je... Je ne veux pas te mentir, voilà tout. Jake a appris à le contrôler, mais on ne sait pas vraiment comment. Si ce n'est que ça vient d'une volonté de sa part de ne pas se nouer. Parfois, il doit se retirer, mais avant ça... Hum, on a essayé, et ça n'a pas fonctionné.

— Et vous ne pouviez pas reculer, marmonna Cole, amer.

— Non, admit Sam. Je n'ai jamais pu lui résister, même quand j'étais un bêta. Alors, je... J'étais tout à lui.

— Donc, tout ce que j'ai à leur dire, c'est de ne pas se nouer, même s'ils ne savent sans doute pas comment faire, ou bien...

— Leur ? le coupa Sam.

Cole leva la tête et remarqua l'expression alarmée de l'autre homme.

— Tu as quelqu'un... ?

Cole baissa le nez.

— Je n'étais pas chez moi quand je me suis éveillé.

— Merde, tu as... tu as couché avec quelqu'un ? Juste après l'éveil ?

Il confirma, sans relever la tête. Sam cachait très mal son désarroi, et la pitié sur son visage ne fit qu'énerver Cole. Ce n'était pas... C'était un accident. Pas la peine de se lamenter dessus à présent. C'était fait.

— Qui était présent ? demanda Sam quelques instants plus tard, sur un ton plus ferme.

— TJ et Ari.

— Des amis ?

Cole confirma.

— Juste des amis ?

Il soupira.

— J'aime les filles. Je... Je n'avais pas l'intention de faire quoi que ce soit avec des mecs.

— Mais tu les aimes aussi, non ? questionna Sam d'une voix douce.

— Eh bien, c'est évident, non ? répliqua Cole en s'indiquant du doigt.

— Non, ce... Je ne crois pas que ça se passe comme ça, Cole. La chaise couina quand il remua dessus.

— J'ai eu de la chance, parce que je sortais déjà avec Jake. Mais je ne suis pas gay *parce que* je suis un oméga. Je l'ai toujours été.

— Ouais, parce que vous avez toujours été un *oméga*.

— C'est... On peut voir ça comme ça, si tu veux.

— C'est dans nos gènes, alors ?

— Beaucoup de choses sont dans nos gènes, mais ça ne veut pas dire qu'on doive les faire.

— Pourtant, si, répliqua Cole, sur un ton presque féroce. On *doit* être des omégas, on *doit* avoir nos chaleurs, on *doit* baiser...

Il ravala le reste.

— On *doit* respirer et manger, contra calmement Sam. Pour autant, on peut choisir de respirer l'air de la montagne ou la pollution de la ville, non ? À nous de faire certains choix.

— Et est-ce que je peux choisir mon alpha ? interrogea Cole, conscient que sa voix tremblait.

Cependant, Sam confirma d'un signe de tête serein, et il ne mentait pas.

— Oui, nous pouvons choisir nos alphas.

ET C'ÉTAIT CENSÉ ÊTRE suffisant pour lui. Un peu plus d'une semaine auparavant, tout un monde de possibilités s'ouvrait à Cole. D'accord, les loups-garous restaient en meute, mais cela n'avait jamais été un problème : il *voulait* rester. Il avait trouvé un boulot qu'il adorait, avec suffisamment de perspectives pour que même sa mère renonce à lui parler d'université, et il envisageait également de se prendre un appartement. En ville, peut-être ?

À présent, il ne pouvait plus quitter le territoire de la meute. Il fixait le plafond de la chambre d'amis, à moitié dans l'ombre, puisque les rideaux semi-ouverts filtraient en partie les rayons de soleil matinaux. Le plafond était blanc, comme un plafond, mais ce n'était pas celui de Cole. Il avait l'impression que le monde entier avait perdu toute harmonie, que tout était légèrement en décalage. Certaines choses, un peu plus que « légèrement ». Car lorsqu'il était plongé ainsi dans ses pensées, il était censé appeler ses amis pour se changer les idées, avec des jeux vidéo, ou en jouant au football, ou tout simplement pour parler de tout et de rien. TJ et Ari n'étaient pas que deux mecs sympas avec lesquels il aimait traîner, ils étaient aussi... Ils étaient aussi des piliers de sa vie, censés être toujours là pour lui.

Il fallait qu'il ait une conversation avec eux. Il en avait conscience. Pas uniquement à cause de cette affirmation horrible du médecin selon laquelle aucun autre alpha ne voudrait de lui ; il n'était pas assez stupide pour gâcher la seule bonne chose que le fait d'être oméga pouvait lui apporter.

Mais il ignorait comment. Il se souvenait de TJ désirant lui prendre la main. Ce devait être un indice révélateur. Cependant, à en juger les antécédents de TJ en matière de filles, il était le genre de mec à se laisser distraire par sa queue.

Ari, quant à lui, avait déclaré simplement qu'il ne l'abandonnerait pas – ce qui était déjà une certitude pour celui-ci. Depuis ses huit ans, Ari était la personne la plus fiable qu'il connaissait. Pourtant, il avait beau y réfléchir ardemment, il ne se souvenait pas qu'Ari ait montré de l'intérêt pour qui que ce soit par le passé. Cole ne savait même pas comment son ami se comporterait en présence de quelqu'un qui lui plairait.

En outre, les deux jeunes hommes devaient commencer l'université en septembre – TJ allait étudier la finance ; Ari, l'anglais et la philosophie –, alors, que pourraient-ils bien faire ? Gâcher leur vie pour rester sur leur petit bout de territoire à une heure de Manchester et… ? Ce n'était pas juste de le leur demander. C'était un accident. Et aucun d'eux ne s'était noué. Cela n'avait eu aucune conséquence, sauf dans la tête de Cole.

Il ne pouvait pas leur poser la question. Si quelqu'un lui avait demandé s'il serait prêt à dire adieu à son apprentissage au garage en faveur d'un petit ami, il aurait balancé une droite à cette personne. Et pas en raison de la partie « petit ami ». Il était en paix avec le fait d'aimer les garçons. Il l'avait toujours accepté, même s'il savait que ce n'était pas le cas de tout le monde. En revanche, il n'admettait pas de devoir renoncer à toute sa vie à cause de ça.

Il ne pouvait pas exiger que qui que ce soit le fasse pour lui. Il devrait demander à quelqu'un de la meute qui n'avait pas prévu de partir. Quelqu'un qui… Il serra les poings ; ses griffes poussèrent sous l'effet de la panique. La douleur l'aida à se calmer légèrement, néanmoins, l'envie de pleurer ou de frapper quelque chose ne l'avait pas quitté.

Saisissant la lampe de chevet, il la jeta de toutes ses forces contre le mur. Elle rebondit contre lui, puis sur le sol avec un bruit sourd. L'ampoule était intacte, mais le fil avait été arraché et la fiche était toujours attachée à la prise murale. Sa mère serait furieuse quand elle le découvrirait. En plus, Cole ne se sentait pas mieux pour autant. Il aurait aimé quelque chose qui puisse se briser, tout comme lui l'était. Mais il n'était même pas capable de casser les choses proprement, désormais.

Chapitre 4

Sa mère avait laissé couler l'histoire de la lampe sans rien dire, mais le lendemain, TJ et Ari étaient de retour. Cela faisait dix jours que Cole s'était éveillé, et il n'avait qu'une seule envie : s'en remettre, faire ce qu'il fallait, d'une façon ou d'une autre, pour ne plus avoir à y penser. Il sentait le compte à rebours avant la prochaine pleine lune dans ses os, au point qu'il ignorait s'il s'agissait juste d'une sensibilité accrue – en temps normal, il était simplement un peu plus fébrile à l'approche de la date – ou si c'était son esprit qui lui jouait des tours.

— Un film, ça vous tente ? proposa TJ dès qu'ils eurent tous une tasse de thé entre les mains et qu'ils furent installés dans le salon.

Cole avala une gorgée de sa boisson et patienta, mais Ari ne dit rien. Tous deux le fixaient. Ils attendaient de lui qu'il prenne son courage à deux mains et parle, ou bien qu'il leur demande de le câliner et de le distraire, afin qu'il oublie tous ses problèmes et prétende qu'ils se résoudraient d'eux-mêmes.

— Il faut que je fasse une liste.

Il ne les regarda pas. Il était conscient qu'il leur manquerait des informations, mais il devait bien commencer quelque part.

Ari saisit la balle au bond – il ne supportait pas de ne pas tout savoir.

— Une liste de quoi ?

De compagnons. D'hommes. De candidats.

— D'alphas, répondit-il enfin.

TJ poussa un juron, et l'odeur de thé au lait imprégna la pièce quand il se répandit. La tasse tinta quand il la reposa sur la table basse. Cole faillit s'excuser d'avoir fait sursauter son ami. Il savait aussi qu'il devrait vérifier que le thé n'avait pas coulé sur le tapis si cher à sa mère ; cependant, il avait déjà bien du mal à ne pas s'enfuir du salon, alors qu'il attendait une réponse qui ne venait pas. Il reposa sa propre tasse. Il aurait voulu avoir quelque chose pour s'occuper les mains, mais il n'avait pas envie d'inonder ses vêtements dans la manœuvre. À la place, il s'empara d'un coussin – au moins, s'il le déchirait, il pourrait le cacher dans sa chambre.

— Sommes-nous sur la liste ? demanda Ari.

Cole, curieux, eut quelques difficultés à se retenir de se tourner vers lui. Pourquoi TJ laissait-il Ari s'exprimer en premier ? Il observa le bas de leur corps : TJ serrait un torchon dans son poing, et Ari était penché vers Cole.

Celui-ci haussa les épaules.

— Je ne savais... Enfin, vous ne voulez pas vraiment être dessus, si ?

— Bien sûr que si ! aboya TJ.

Le bruit de déchirement qui suivit n'augurait rien de bon pour le linge. Pourtant, Cole ne regarda toujours pas son ami d'enfance. Il entendait sa sincérité. Mais le fait que ce soit vrai à cet instant précis ne signifiait pas que c'était une décision mûrement réfléchie pour autant.

Cole comprenait son ami bien plus qu'il ne l'aurait voulu. Ils agissaient exactement de la même manière : ils fonçaient si ça leur semblait juste, et au diable les conséquences. Il serra les poings et se raidit pour ne pas se jeter dans les bras de TJ.

Peut-être qu'être oméga l'aidait à y voir plus clair. Cole parvint à garder le cap, même quand TJ ajouta :

— Pourquoi est-ce que tu... Sérieux, bien sûr qu'on veut. Si tu...

— Mais vous allez à l'université, fit remarquer Cole.

Il n'avait pas eu l'intention de l'interrompre, néanmoins, il ne souhaitait aucune grande déclaration pour autant. Ils ne devraient pas lui faire de promesse qu'ils ne pourraient pas tenir. Il serait incapable de refuser à long terme, s'ils lui en faisaient, pas alors qu'il les avait toujours désirés et qu'il pouvait enfin les avoir.

— Et alors ? répliqua TJ. Ce n'est pas très loin ! On peut faire la navette tous les jours !

Quelque chose lui parut bizarre. Il pencha la tête, sans regarder son ami, mais lui faisant pourtant face.

— On ?

— Hum... Eh bien... Ce que je veux dire...

— Nous avons réfléchi à la manière de t'aider, intervint Ari.

Sa voix était calme, mais il était excité ou stressé, à en juger son pouls rapide.

— Peu importe qui tu choisis, nous pouvons quand même le faire.

— Faire quoi ? demanda Cole, qui essaya, sans succès, de ne pas croiser le regard d'Ari.

Cela ne dura qu'un instant, mais ce fut suffisant pour déterminer que son ami était sérieux. Évidemment. Ari était toujours sérieux.

— Si tu as besoin de quoi que ce soit, d'aide… de baby-sitting ? ajouta-t-il, l'air incertain.

Comme il était le plus jeune de sa famille, il n'était pas vraiment un expert en bébés.

— Cole, intervint TJ. On peut le faire. Tu n'as pas besoin d'une liste.

Cole leva la tête juste à temps pour surprendre le regard qu'Ari lança à TJ, mais celui-ci ne sembla pas le remarquer.

— On veut le faire, ajouta-t-il, aussi sincère que naïf.

Il n'avait aucune idée de ce qu'il proposait.

— Quoi ? Comme au bon vieux temps ? On mate des films, on joue à des jeux, mais vous vous relayez pour me baiser ?

Cette fois-ci, il fixa TJ droit dans les yeux, pour bien lui montrer sa fureur et son ressentiment.

TJ faillit se tasser sur le canapé face au ton de Cole. Il se leva plutôt pour s'écarter de ce dernier, tirant sur ses dreads tandis qu'il s'éloignait. Quelques instants plus tard, il se tourna vers Cole, le regard déchaîné.

— Pourquoi tu réagis comme ça ? demanda-t-il, si meurtri que sa voix le trahit, et Cole en eut le ventre noué. Je te dis que je t'apprécie, et toi, tu crois que…

— Que ce n'est qu'une question de sexe ?

Cole avait conscience de se montrer agressif, mais c'était sa seule manière de résister. Il ne pouvait pas écouter TJ parler de ses sentiments, pas alors que lui-même savait que ce n'était qu'une histoire d'hormones et parce qu'ils avaient couché ensemble.

— Pourquoi est-ce que je pense ça ? Peut-être parce que tu ne m'avais jamais apprécié avant ?

TJ écarquilla les yeux.

— Je ne t'avais jamais apprécié avant ? Qu'est-ce que tu veux dire ?

— Pas comme ça, répliqua calmement Cole.

Il avait tout juste jeté un coup d'œil à la dérobée de temps en temps quand TJ et Ari se changeaient ou quand ils étaient torse nu pour un match. Il savait que c'était trop dangereux d'imaginer qu'il puisse se passer quelque chose entre eux, pourtant, il prenait désormais conscience que ces regards en coin et ces contacts accidentels s'étaient accumulés en lui. Une part de lui avait certaines attentes, qui n'avaient rien à voir avec le fait que ses hormones le rendent irrésistible aux yeux des hommes qu'il désirait.

— TJ, lança Ari sur un ton d'avertissement.

Cole leva alors la tête et remarqua que l'intéressé s'était rapproché davantage. Son ami se redressa, les mains sur les hanches, l'air à la fois coupable et embarrassé.

Malgré tout, il regarda Cole droit dans les yeux, bêtement courageux et honnête, comme s'il était persuadé que rien ne pouvait jamais le faire souffrir.

— Je te voulais *comme ça*, mais je pensais que tu détesterais...

Il baissa le menton, l'image même de la gêne, et Cole réalisa alors qu'il s'était trompé : TJ savait qu'on pouvait lui faire du mal, puisque lui-même venait de lui en faire.

— Que tu me détesterais.

Si Cole comprenait le sens des mots, il avait de la peine à y croire.

— Tu... Alors comme ça, tu aimes les garçons ?

TJ tressaillit de manière visible, puis il hocha la tête, le regard toujours détourné. Comme sa réaction était physique et non verbale, il était difficile de déterminer si elle était due au mensonge ou à la honte.

Cole laissa tomber pour l'instant, car il n'en avait pas fini avec ses interrogations. Il se tourna vers Ari, qui le fixait déjà, prêt, attendant sa question.

— Et toi ?

— Je n'ai jamais rien ressenti pour une fille, expliqua Ari.

Il détourna les yeux sur la gauche, mais sa posture demeura détendue : il était simplement plongé dans ses souvenirs.

— Je pensais que ça viendrait après mon éveil... mais non, ajouta-t-il en haussant les épaules. Je me disais que je resterais seul, mais alors, on a commencé à... faire des jeux...

Il lança un regard entendu à Cole.

— Ça a été différent. Avec TJ et toi, ça m'a paru... C'était amusant et...

Il se lécha les lèvres, puis déglutit. Il n'était plus aussi calme, à présent, mais Cole comprenait ; ce n'était pas un sujet facile à aborder. Son côté vindicatif se réjouissait du malaise de son ami. Ensuite, Ari ajouta :

— C'était sexy. Vous étiez sexy.

Il ne s'attendait pas à un tel compliment, qui l'inonda de chaleur. Il s'empourpra, et bien qu'il n'ait pas le teint aussi pâle qu'Ari, il savait que ça se remarquait.

— Tu aimes TJ ? demanda-t-il, tentant de détourner l'attention.

Ari lui lança un regard noir, rougit, mais hocha la tête. À sa façon d'éviter soigneusement de fixer TJ, il était clair que celui-ci devait ignorer la vérité.

— Montrez-moi.

Cole avait prononcé ces mots sans réfléchir. Mais ils reflétaient son réel désir. Les imaginer ensemble ne lui avait jamais traversé l'esprit, cependant, maintenant, il aimerait faire plus qu'imaginer.

— Quoi ? demanda TJ, dont la voix monta dans les aigus.

— Je veux vous voir vous embrasser, avoua Cole, totalement sincère.

C'était une chose qu'il n'avait vue qu'à la télévision ; un rebondissement inattendu dans un feuilleton qui avait surtout ressemblé à un bécot d'école primaire plutôt qu'à un baiser que deux hommes adultes échangeraient. Il avait envie d'y assister en vrai. De découvrir que ça pouvait exister.

— Cole, ce n'est pas parce que TJ aime les mecs qu'il m'aime moi, fit remarquer Ari, assis sur le canapé, d'un ton tout à fait raisonnable.

Il avait l'air calme, son pouls était régulier. Cependant, son désarroi se devinait à la position de son menton et à ses yeux baissés.

Ce fut visiblement trop dur à supporter pour TJ, qui pivota tel un ouragan vers Ari comme s'il s'apprêtait à lui filer une raclée. Cole se mit brusquement debout, mais il n'eut pas le temps de s'interposer. TJ avait fourré sa main dans les cheveux d'Ari pour lui relever la tête, afin de déposer sur ses lèvres un baiser qui impliquait plus ses dents que sa langue. Ari inspira vivement, surpris, puis leva les deux mains pour attirer TJ davantage contre lui. Celui tomba sur ses genoux. Ils s'embrassèrent comme si la fin du monde se profilait. Cole s'approcha un peu plus, assez près pour distinguer le bras d'Ari autour de la taille de TJ – en grande partie sous le tee-shirt de celui-ci, d'ailleurs – et voir TJ essayer de déterminer ce qu'Ari avait déjeuné durant l'année écoulée. C'était en bonne voie de devenir un spectacle inapproprié pour un public innocent, quand Ari donna soudain un coup de coude qui fit voler la tasse de thé, posée sur une petite table.

Le fracas les figea tous. Cole regarda autour de lui : il y avait du liquide et des morceaux de porcelaine de Chine partout sur le tapis. Et il était en érection – ce qui ne lui était arrivé que dans son sommeil depuis son éveil. En outre, il serait prêt à parier que ce n'était qu'une question de secondes avant que sa mère n'entre dans la pièce.

— Bouge de là, siffla-t-il à TJ en lui tirant sur le tee-shirt.

Puis il s'approcha des vestiges de la tasse, avec le torchon malmené un peu plus tôt par TJ. Celui-ci s'exécuta, mais plutôt que de leur filer un coup de main, il se mit à marmonner.

— Brocolis. Membres sectionnés. Nager dans de la lave...

Alors qu'Ari, quant à lui, se positionnait à ses côtés pour l'aider à rassembler les petits bouts dans le torchon, Cole perdit patience.

— Pour l'amour de la Lune, imaginez si ma mère était rentrée et nous avait vus comme ça !

Ari éclata de rire, en un de ses rares instants d'hilarité. Au même moment, ils distinguèrent le bruit de pas qui descendaient l'escalier. La mère de Cole était sans doute en téléconférence avec un client et elle avait dû faire semblant de ne pas entendre le bris de la tasse le temps de finir son appel.

— Qu'est-ce que je fais de ça ? demanda Ari à Cole.

— Mets-les dans la poubelle de recyclage, à la cuisine.

Lorsqu'Ari se releva, Cole vérifia l'entrejambe de son ami : l'organe d'Ari était un vrai monstre, mais pas pire que d'habitude.

— À vrai dire, c'est TJ qui devrait s'en occuper. Il n'aura qu'à en profiter pour se laver le visage, ajouta-t-il, avec un regard entendu à son ami.

L'intéressé attrapa le torchon, prudemment malgré sa hâte, et tourna les talons vers la cuisine. Moins d'une seconde plus tard, la mère de Cole arriva au rez-de-chaussée et vint les voir.

— Tout va bien ? demanda-t-elle en haussant un sourcil, révélant par là qu'elle savait que la réponse serait négative.

— Ces nigauds ont cassé l'une de tes tasses, mais on a nettoyé. Et je paierai le pressing pour le tapis, lui assura Cole.

Il indiqua la tache du doigt, et pas seulement parce qu'il était impossible de mentir à une mère loup-garou. Cole aimait sa mère, même si elle était parfois trop sur son dos, et il savait qu'elle avait travaillé dur pour créer un beau foyer avec de jolis objets.

— C'est plutôt moi qui devrais payer, intervint Ari. C'est moi qui l'ai cassée.

La mère de Cole avait accepté ses excuses avec décontraction, mais elle semblait surprise elle aussi de la réaction d'Ari. D'ordinaire, les amis de Cole le laissaient gérer ce genre de situation, puis ils lui payaient ses tickets pour le parc d'attractions ou n'importe quelle sortie qu'il ne pouvait plus se permettre, puisqu'il avait dépensé son argent pour réparer quelque chose. Ça avait fonctionné jusque-là, alors pourquoi Ari en prenait-il la responsabilité maintenant ?

Il comprit tout à coup. Ari ne le faisait pas pour lui, il le faisait pour impressionner sa mère.

— Il me faut un autre torchon, annonça-t-il, se dirigeant vers la cuisine.

TJ FINISSAIT JUSTEMENT d'essorer le linge plein de liquide qu'ils avaient réussi à éponger sur le tapis, et cherchait un endroit où le mettre à sécher.

— N'y pense même pas, lança Cole en se pointant pour le lui prendre des mains. D'abord, tu malmènes ce torchon, puis tu t'en sers pour nettoyer du thé *par terre*, et maintenant, tu voudrais l'accrocher comme n'importe quel torchon normal ?

TJ, surpris, se figea.

— Euh, désolé, j'essayais juste...

— Ouais, ben excuse-moi, mais...

Cole le contourna, le linge mouillé à la main, pour aller le mettre dans la poubelle. Il ne pouvait pas retourner dans le salon tout de suite.

— Qu'est-ce qui te prend ? Tu étais plutôt plein de sang-froid à l'instant, fit remarquer TJ.

— Ari a proposé de payer le pressing, expliqua Cole.

Il observa TJ pour voir s'il comprenait les implications, mais ce n'était pas le cas.

— Il l'a proposé *à ma mère*, pas à moi. Il... Je ne sais pas. Il veut l'impressionner, j'imagine.

— Et quel mal y a-t-il à ça ?

TJ était très intelligent, mais trop optimiste aussi. Il voyait toujours le bon en chacun. C'était un trait de caractère que Cole aimait et détestait à la fois chez son ami. Il aurait adoré posséder ce genre d'espoir, pour sa part, cependant, il ne pouvait oublier toutes les personnes qui l'avaient déçu par le passé.

— Parce qu'il n'en a jamais rien eu à cirer, sauf que maintenant que ma mère peut...

Cole agita la main, non pas pour souligner l'importance de ses propos, mais plutôt pour éviter d'avoir à prononcer la suite. Il espérait que TJ saisirait la nuance.

— Choisir ton compagnon ? compléta TJ, qui avait effectivement pigé.

— Oui. Donc maintenant, tout à coup...

TJ soupira alors, l'interrompant sur un ton qui lui fit comprendre que son ami allait vraisemblablement analyser la situation de telle sorte qu'il ne pourrait plus faire semblant de ne pas capter.

— Il veut sans doute qu'elle le voie comme un adulte, Cole.

Ce ton aurait dû énerver Cole au possible ; pourtant, il fit son effet. TJ savait comment fonctionnait son esprit, et il était capable d'expliquer les choses qui lui étaient évidentes afin qu'elles le deviennent également pour lui.

TJ secoua la tête, le regard un peu tourmenté.

— On ne te l'a pas dit, mais elle était absolument furieuse contre nous, nous reprochait de ne pas t'avoir ramené plus tôt, de ne pas avoir remarqué les signes indiquant que tu allais être en chaleur, notamment quand tu as eu des vertiges...

Cole haussa les épaules, perplexe. Lui-même n'avait pas noté les indices incontestables, alors comment ses amis auraient-ils pu le faire ? Manifestement, ils n'avaient rien senti avant... Avant.

— Ouais, d'accord. Je sais comment elle est. Mais pourquoi est-ce que c'est si important ? insista-t-il.

— Parce que c'est ta mère. Alors, oui, on veut se réconcilier avec elle dans ton intérêt, c'est évident !

— Dans mon intérêt ? Ou parce que c'est elle qui approuvera mon futur partenaire ?

TJ le dévisagea quelques instants, incrédule. Puis il se tourna vers l'évier pour se laver le visage, comme Cole l'avait suggéré un peu plus tôt.

— Tu sais, c'est très difficile de t'apprécier quand tu te comportes comme ça, commenta TJ en saisissant un nouveau torchon pour s'essuyer les mains.

Il pivota vers lui, mais sans le regarder dans les yeux. Cole remarqua les gouttes d'eau encore accrochées aux longs cils noirs de son ami.

— Je ne veux pas la permission de ta mère pour sortir avec toi, je veux la tienne. Mais même si nous devons rester simplement amis pour toujours, j'ai quand même envie d'avoir une relation correcte avec les autres personnes qui comptent pour toi. Alors, ça ressemble à un complot, pour toi ?

Il n'y avait aucune bonne réponse à cette question. Cole se montrait paranoïaque. C'était plus fort que lui. Il avait peur et se sentait perdu. Et il lui faudrait renoncer à bien plus quand il deviendrait l'oméga de quelqu'un. Il devrait à son alpha la même obéissance qu'à ses parents.

Appuyé contre le plan de travail, il cacha son visage entre ses mains et prit plusieurs inspirations profondes, jusqu'à ce que son cerveau se calme légèrement.

— Je suis désolé, dit-il à TJ. J'ai juste... Je crois que je flippe encore un tantinet.

— Tu m'étonnes, répliqua gentiment son ami, sur un ton taquin, en lui tapotant l'épaule.

Suffisamment fort pour lui faire un peu mal, mais c'était un geste tellement familier qu'il en fut réconfortant.

Cole le repoussa.

— Va te faire mettre.

— Bientôt. Je pourrais peut-être aller peloter Ari dans un endroit où l'on ne sera pas interrompus, suggéra-t-il.

Cole le fixa. Lui plaisantait, bien sûr, mais était-ce le cas de TJ ? Il y avait quelque chose d'autre derrière ces paroles. En outre, il avait vu de ses propres yeux combien son ami désirait devenir intime avec Ari.

— Si tu veux qu'on revienne, appelle, d'accord ? ajouta TJ, un petit sourire aux lèvres.

Cole n'avait jamais interprété les taquineries de TJ comme du flirt, mais maintenant qu'il savait que TJ préférait les hommes... Il lui était difficile de ne pas repenser à toutes ces fois où son ami lui avait fait des compliments sur son corps ou avait réajusté son col et sa cravate, et tous ces événements lui apparaissaient sous un jour nouveau.

IL RESTA SI LONGTEMPS dans la cuisine que sa mère vint le trouver.

— Vous vous êtes disputés ? Je sens une certaine tension.

— De la tension ? Pourquoi y aurait-il de la tension entre nous ? Nous sommes les meilleurs amis du monde et n'avons pas eu une orgie accidentelle il y a deux semaines !

— Cole, répliqua-t-elle d'un ton ferme. Calme-toi. Je sais que c'est difficile. Mais n'oublie pas que ce sont tes amis. Tu m'as dit que ce n'était pas leur faute, pas plus que la tienne. Mais crois-tu vraiment à ce que tu avances ?

— Oui ! affirma Cole sèchement.

Et son pouls manqua un battement à ce moment-là.

— Non, je ne mens pas ! insista-t-il. Je suis conscient qu'ils ne pouvaient pas contrôler leurs instincts, pas plus que moi les miens...

— Cependant, ce n'est pas le sentiment que tu as, n'est-ce pas ? lui demanda-t-elle gentiment.

Il souffla, attrapa une chaise de cuisine et s'y installa à califourchon, en sachant pertinemment que ça énerverait sa mère.

— On se fiche de l'impression que ça donne ; c'est la vérité qui importe.

Si sa position agaçait sa mère, elle n'en montra rien. Elle s'assit à son tour sur une chaise en ajustant son chemisier bien plus que la bienséance ne l'exigeait.

— Oh, Cole, tes sentiments comptent, évidemment. D'après toi, pourquoi es-tu aussi en colère qu'Ari ait voulu me montrer qu'il était prêt à passer à l'étape suivante ?

— Parce que ce n'est pas ainsi qu'on fait les choses, d'habitude ! On a notre propre façon de faire, et comme ça, tu ne t'énerves pas contre mes amis, et moi, en retour, je te dédommage, ou je m'excuse, ou peu importe. C'est ma faute, de toute façon, puisque j'aurais dû mieux faire attention à ce qu'ils faisaient.

Elle le laissa finir, mais ne commenta pas. À la place, elle enchaîna sur une autre question.

— Qu'est-ce que tu as ressenti à ce moment-là, Cole ? Qu'est-ce que tu as ressenti ?

Il la fixa, horrifié. Puis il comprit qu'elle ne demandait pas de détails concernant leur partie de jambes en l'air. Il détourna le regard et s'affala sur le dossier de la chaise.

— D'après toi ? Je me suis senti impuissant. Je ne pouvais pas me retenir, et je ne pouvais pas les retenir non plus. Je ne voulais pas arrêter, alors même que je savais que quelque chose clochait. Je... Quand je me suis réveillé, j'avais presque l'impression qu'un extraterrestre avait pris possession de mon corps et m'avait obligé à faire ces choses-là.

Elle se pencha vers lui. Pas besoin de regarder pour sentir la douleur de sa mère. Mais il se redressa, afin qu'elle ne puisse pas le toucher. Il ne supporterait aucun attouchement pour l'instant, même si elle ne souhaitait que lui prendre la main. Il ne voulait pas qu'elle l'apaise ; or, si elle le touchait, c'était ce qui se produirait.

Elle lâcha un soupir, sans changer de position.

— À ton avis, ne pourraient-ils pas ressentir la même chose ?

— Mais...

Il ravala la suite. *Mais c'étaient eux qui me prenaient.* Puis il se souvint, à son réveil, de TJ s'excusant pour les événements, alors même que c'était Ari qui l'avait vraiment fait. Était-ce une question d'instinct également ? TJ avait-il su d'instinct qu'un oméga n'avait plus conscience de ce qui l'entourait dès lors qu'un alpha se servait de son corps ?

Cole, pour sa part, avait effectivement eu le sentiment que c'était à la fois le commencement et la fin du monde, pour lui. En outre, si c'était une idée de TJ, pourquoi alors était-ce Ari qui l'avait fait ? Cole essaya de se rappeler les paroles marmonnées par TJ contre son oreille, pendant que *l'événement* se produisait, mais il ne put que se remémorer le baiser échangé.

— Je n'ai demandé aucun détail, reprit sa mère. Donc je ne sais pas ce qui s'est passé. Mais tu as raison en disant que vous avez tous été dépassés par votre instinct. Pour autant, ça ne signifie pas qu'ils ne t'ont pas fait du mal ou que ça ne les a pas rendus malheureux de t'en faire. Les accidents, ça arrive. Personne ne souhaite faire du mal. Les conséquences peuvent être douloureuses malgré tout.

— Alors, qu'est-ce que je suis censé faire ?

— Pardonner, ou pas. Mais pas seulement à eux. Tu dois aussi te pardonner à toi-même d'avoir ressenti ça. Dans ce genre de situation, personne ne peut garder entièrement la tête froide. Si tu analyses tes sentiments, tu pourras comprendre les leurs. Tu peux surmonter ça, ou pas, comme tu veux, si, de manière rationnelle, tu estimes que c'est impardonnable.

— Ils n'arrêtent pas de...

Elle attendit, patiemment, en silence. Elle était toujours là pour lui, même quand il lui donnait du fil à retordre ou quand il ne le méritait pas.

— Ils n'arrêtent pas de dire qu'ils sont mes alphas. Tous les deux, avoua-t-il enfin.

— Oh, commenta sa mère.

Il leva la tête vers elle. Pour le coup, elle semblait légèrement sous le choc.

— Traditionnellement, c'est le cas. Pour les hommes omégas. Mais où ont-ils bien pu pêcher cette idée ?

Elle jeta un coup d'œil alentour, puis alla récupérer son sac à main. Elle fouilla dedans, jusqu'à en sortir ce qu'elle cherchait. Il s'agissait d'un livre en cuir bleu et aux pages jaunies, qui paraissait très officiel.

— Je ne crois même pas que ce soit là-dedans.

— Maman ? De quoi est-ce que tu parles ?

Elle ne leva pas les yeux de l'index qu'elle consultait, tout en parcourant les lignes de son doigt à la manucure parfaite.

— Dans la tradition, les mâles omégas prenaient plusieurs partenaires, parce qu'ils pouvaient le su...

Elle s'interrompit brutalement.

— Mais je ne crois pas que ça se fasse encore de nos jours, alors je me demande où tes amis ont eu cette idée.

— Je ne sais pas, avoua-t-il. Je ne pense pas qu'ils aient parlé de tout ça à quelqu'un.

Chapitre 5

Le temps que l'heure du dîner arrive, Cole avait surmonté sa gêne de devoir répéter sa discussion avec sa mère à ses amis, car il avait trop besoin de réponses. Sa mère insista de son côté – elle ne pensait pas à mal, mais Cole aurait aimé qu'elle soit aussi cool avec ça qu'elle l'était avec ses études –, et il accepta de les revoir le lendemain. Cependant, quand elle indiqua vouloir assister à leur conversation, il tapa du poing sur la table – métaphoriquement.

Il gémit et se couvrit le visage de ses mains pour ne pas regarder sa mère.

— Oh la vache, hors de question ! Tu ne peux pas rester. On va parler de *sexe*, maman !

— Je n'envisageais pas d'être dans la même pièce, Cole, répliqua-t-elle de son ton raisonnable d'alpha. Juste dans le coin. Il y a de la lessive à faire et...

Ce ton-là ne l'avait jamais gêné auparavant. Elle était sa mère, donc il devait lui obéir de toute façon. En outre, à part en de rares occasions où elle avait vraiment perdu son sang-froid et leur avait crié à tous de se calmer, elle n'avait jamais utilisé avec sa famille toute la puissance que sa voix d'alpha pouvait avoir sur les bêtas et les omégas. Les choses étaient cependant différentes à présent. Parce que, auparavant, Cole avait pensé qu'il serait un jour adulte et n'aurait plus à l'écouter. Mais désormais, il serait soumis aux ordres des alphas pour toute sa vie.

— Non, la coupa Cole. Même pas dans la maison.

— Je veux juste m'assurer que tu es en sécurité. Tu le comprends, non ?

Sa mère tordit la bouche ; son corps se raidissait puis se détendait à nouveau contre l'embrasure de la chambre de Cole, comme si elle n'arrivait pas à garder son calme. Elle parvenait tellement à rester concentrée en temps normal qu'il oubliait qu'elle ressentait parfois la même fébrilité que lui.

Tout en jouant avec les morceaux de cuir arrachés de sa chaise de bureau pour que son attention ne dévie pas loin de la conversation, il fronça les sourcils.

— Tu penses que je ne suis pas en sécurité avec TJ et Ari ?

Elle prit un moment pour rassembler ses idées.

— Je ne dis pas que leurs intentions sont mauvaises. Mais quand on est attiré par une personne qui n'est pas...

— Quoi ? Tu crois que je ne suis pas...

Il déglutit, une boule dans la gorge. Pourtant, sa mère se ficherait qu'il préfère les garçons aux filles. Sa réaction ne l'avait jamais inquiété. Le monde était juste plus facile quand on sortait avec des filles ; or, Cole considérait que sa vie était déjà assez complexe comme ça, alors pourquoi se la compliquer davantage, s'il avait le choix ? Malgré tout, même s'il se doutait que son homosexualité n'aurait aucune importance pour sa mère, le fait d'avoir gardé le silence aussi longtemps rendit les mots plus difficiles à prononcer.

— Si. Je suis attiré par eux.

L'expression de sa mère s'apaisa aussitôt.

— Oh, Déesse soit louée !

— Quoi ?

— Cole, je croyais que tu aimais les filles, je croyais...

Elle déglutit et détourna le regard.

— Oh, maman...

Malgré ses réticences, il se leva, s'approcha et enlaça le corps plus petit de sa mère. Elle lui rendit son étreinte, le serrant fort – un peu trop. Elle n'était plus la personne solide, dans cette situation. C'était à lui de l'être.

— Ce n'était pas comme ça que j'avais prévu de faire mon coming out, plaisanta-t-il.

Elle se raidit à ces mots et s'écarta légèrement. Cole la laissa faire, sans la lâcher toutefois.

— Tu pensais que ça me poserait un problème ?

Il haussa les épaules.

— Non, mais tu semblais vouloir que je sois un alpha...

Elle secoua la tête.

— Je n'ai jamais souhaité que tu sois un alpha ; c'était toi qui désirais l'être. Tu avais envie d'être comme tes amis. Je l'avais bien compris. Je te soutenais, mais ça n'avait pas grande importance pour moi.

Il poussa doucement contre les épaules de sa mère, qui le laissa s'écarter. Toujours sans la regarder en face, il demanda :

— Donc, tout ça n'a pas grande importance à tes yeux ?

— Ça en a, parce que ça pourrait mal se passer pour toi, parce que c'est stressant et... Je suis navrée que tu aies moins de choix que tu ne devrais en avoir. Outre mon amour, c'était ce que je désirais le plus t'offrir : des choix. Un monde que tu pourrais explorer à ta guise afin d'y trouver ta propre place.

— Ça a l'air sympa, commenta gentiment Cole.

Il ne put pas en dire plus, parce qu'il voulait éviter de pleurer.

Sa mère n'insista pas.

— MA MÈRE M'A DIT QUE cette histoire de deux alphas était arriérée. Elle voulait savoir d'où vous est venue l'idée, lança Cole d'une voix claire, mais sur un débit trop rapide, et les yeux toujours braqués sur le sol entre ses amis.

TJ et Ari étaient assis sur des fauteuils à gauche du canapé, de l'autre côté de la table basse, donc si Cole levait un peu la tête, il devrait les affronter.

— Comment ça, cette histoire de deux alphas ? demanda enfin Ari, après une longue pause.

Cole souffla, frustré. Il n'était pas doué avec les mots, mais, en temps normal, ça n'empêchait ni TJ ni Ari de comprendre où il voulait en venir.

— Vous avez dit que... que je n'avais pas besoin d'établir une liste parce que tous les deux...

Il agita la main dans leur direction.

— C'est ça qui est arriéré ? Une liste avec seulement deux personnes dessus ? demanda Ari lentement.

Cole lui lança un regard mauvais.

— À quoi tu joues ? Vous n'arrêtez pas de dire « nous ceci » et « nous cela », et « nous te soutiendrons ». Qu'est-ce...

Il s'interrompit et inspira pour ne pas hurler. Sa mère avait accepté de rester en dehors de la maison, mais elle était quand même dans le jardin à s'occuper du potager ; s'il criait, elle ne pourrait pas s'empêcher de rentrer.

Ce fut TJ qui percuta le premier.

— Oh, tu crois que... Oh, par la Déesse, tu pensais qu'on te demandait de nous prendre tous les deux ?

Au ton horrifié de TJ, il était clair que Cole s'était trompé, et il se sentait encore plus mal à présent. Il n'était plus en colère, il était embarrassé.

— Oui ! aboya-t-il. J'étais censé comprendre quoi ?

— OK, du calme, intervint Ari. C'était un malentendu légitime. On a sûrement beaucoup employé le mot « nous », donc ça a pu donner cette impression. Nous voulions juste... Je voulais juste dire que je te soutiendrai, même si tu ne me choisis pas comme alpha. Et je pense que TJ... ajouta-t-il, en regardant l'intéressé, qui hocha la tête.

— Oui, tout à fait ! On ne va pas se battre pour toi, ni se vexer si tu décides de prendre quelqu'un d'autre, rien de tout ça. On est avec toi à cent pour cent, quel que soit ton choix.

Cole les dévisagea.

— Mais pourquoi ?

— Cole, dit Ari, sur un ton pincé. Pourquoi est-ce qu'on ne voudrait pas donner un coup de main à notre meilleur ami quand il en a besoin ?

— Mais ce n'est pas de l'aide, ça, c'est...

— Ce n'est pas de l'aide, parce qu'on en retire quelque chose nous aussi ? devina Ari.

Cole le fixa. C'était la vérité ; l'avantage de cette situation, c'était le sexe. Mais celui-ci ne pouvait pas valoir la peine de s'embarrasser d'enfants à leur âge ni la peine de s'ajouter du stress alors qu'ils avaient déjà l'université à gérer et leurs propres vies d'adulte à construire. Il ouvrit la bouche, la referma et haussa les épaules.

— Cole, est-ce que je peux te poser une question ? reprit Ari d'une voix douce. Tu me l'as demandé, et nous te l'avons prouvé. Mais chez toi, je ne fais qu'essayer de lire entre les lignes... Est-ce que tu es gay ?

Cole tressaillit.

— Non, affirma-t-il.

Ils purent entendre la vérité. TJ émit un son de détresse qui poussa Cole à le regarder.

— Non, répéta-t-il. Je suis... bisexuel, à mon avis.

— Oh, soupira TJ, dont le soulagement sembla se répercuter sur chacun d'eux. Bienvenue au club.

Mais sa blague tomba à plat. Il était bien trop heureux pour adopter le ton requis.

— Est-ce que je peux te poser une autre question ? reprit Ari.

Cole faillit lui rétorquer qu'il venait justement de le faire ; c'était le genre de réplique qu'ils se balançaient quand ils étaient agacés et voulaient se faire réagir mutuellement. Mais le sujet était trop sérieux pour ça. Alors, il hocha la tête.

— Est-ce pour... pour cette raison que nous sommes sur la liste ?

C'était une manière tellement complexe de formuler ça qu'il fallut une bonne minute à Cole pour déchiffrer la question. Lorsqu'il y parvint, il ne put ravaler son gloussement.

— Est-ce pour ça...

Il soupira, puis haussa les épaules.

— Oui, j'imagine.

Il ne faisait pas qu'« imaginer », bien sûr, mais admettre la vérité à voix haute le mettrait bien trop à nu. Ce qui se retournerait fatalement contre lui.

— On pourrait s'en assurer, commenta Ari sur un ton doux.

Avec cette voix, il pourrait convaincre n'importe qui de faire n'importe quoi. Cole l'avait plus d'une fois vu convaincre, grâce à cette voix, des adultes de renoncer à les punir alors qu'ils l'avaient pourtant bien mérité.

Il commit l'erreur de lever la tête, ce qui lui permit de remarquer les lèvres légèrement entrouvertes d'Ari.

— S'en assurer ?

Ari se lécha les lèvres pensivement. Par accident, peut-être ?

— Tu m'as demandé des preuves, hier, et je t'en ai donné. Alors, on pourrait faire une petite expérience pour ça aussi, non ?

Cole avait conscience que la conversation lui échappait ; conscience que les propos d'Ari étaient censés, bien plus qu'ils n'auraient dû l'être alors qu'ils se trouvaient dans le salon de sa maison, muni de son écran géant et des manettes éparpillées partout. Mais les lèvres d'Ari étaient humides, brillantes, et il voulait...

— OK, dit-il.

Ari sourit, mais, plutôt que de quitter son siège, il se tourna vers TJ. Cole remarqua seulement à cet instant que leur ami tremblait un peu.

— Tu pourrais venir par ici, Cole ?

En prononçant ces mots, TJ lui lança un regard empli de terreur et d'espoir mélangés, ce qui décida Cole. Il se mit debout, contourna la table basse et se retrouva trois enjambées plus tard devant le fauteuil de TJ. Avec en tête les images du baiser de TJ à Ari la veille, il se pencha et posa une main sur la nuque de son ami d'enfance pour l'encourager à relever la tête. Puis leurs lèvres se trouvèrent... Ce n'était pas la première fois ; Cole se souvenait encore de cette fois-là, où il était allongé sur le côté... Mais alors, il enfonça la langue dans la bouche de TJ. Celui-ci gémit et se redressa en écartant les jambes, pour lui permettre de s'y avancer. Malheureusement, comme Cole avait fermé les yeux entre-temps, il perdit l'équilibre à cause du mouvement et s'affala sur les genoux de TJ. Celui-ci souffla bruyamment, comme s'il avait reçu un coup. Cependant, peu après, Cole le sentit frotter son membre raide contre ses fesses et il se figea. TJ aussi.

— Désolé, dit-il quand Cole s'écarta.

— La ferme, répliqua celui-ci, avant de reprendre le baiser, en se pressant contre le torse de son ami afin que sa propre érection puisse trouver un peu de friction.

Peut-être n'auraient-ils pas dû faire ça ici. Peut-être aussi que c'était justement l'endroit où Cole se sentait assez en sécurité pour le faire, car ils ne pourraient jamais aller au-delà de quelques baisers. Et Ari...

TJ tira plus fort sur ses cheveux, lui faisant arquer le dos, si bien que ses propres abdos s'appuyèrent contre la hampe de Cole. Celui-ci y frotta son membre, ondulant des hanches. Il perçut le mouvement similaire de TJ en réponse.

— Vous êtes magnifiques.

Ce constat fut fait d'une voix si basse qu'il faillit se perdre dans le déferlement du sang dans ses oreilles. Mais comme TJ lui suçotait le cou, il leva les yeux et nota l'expression fascinée d'Ari. TJ lâcha sa peau, et Cole se redressa.

— Tu bandes, fit remarquer TJ.

Cole se tourna vers leur ami. C'était vrai. Et impossible à dissimuler.

Puis TJ posa les mains sur ses hanches et l'encouragea à se relever. Cole le fixa, surpris. Son ami indiqua Ari de la tête.

— Tu ne veux pas rendre l'expérience vraiment complète ? demanda-t-il, une lueur taquine dans le regard.

Cole leva les yeux au ciel ; néanmoins, impossible de nier qu'Ari était séduisant, qu'il bandait, rougissait et les contemplait comme s'ils étaient une apparition divine.

Alors, Cole s'approcha de lui, suffisamment près pour constater leur différence de taille.

— Hors de question que je me mette sur la pointe des pieds, prévint-il, sur un ton léger.

Le visage d'Ari s'illumina ; il fit le dernier pas les séparant, puis se pencha et posa une main sur la joue de Cole. Sa paume était douce, son geste presque trop délicat, mais Cole n'eut pas l'opportunité de se plaindre, car les lèvres d'Ari trouvèrent les siennes, aussi soyeuses que son attouchement, mais insistantes. Cole ouvrit la bouche et s'agrippa à la nuque d'Ari pour forcer celui-ci à rester incliné vers lui. C'était si évident ; ils s'embrassaient, leurs langues effectuaient une danse presque languide, leurs corps vibraient d'émotions contenues trop longtemps. Pourtant, cela ne lui suffit pas. Quelques instants auparavant, son sexe se frottait contre le ventre de TJ, et il mourait d'envie de raviver cette sensation. Mais s'il continuait à dévorer Ari de baisers, il serait trop loin pour le faire. Tout à coup, ce dernier trouva dans sa bouche une zone particulièrement érogène, qui fit trébucher Cole. Leurs lèvres se séparèrent.

Cole était plus que partant pour y retourner, cependant, le rire de TJ l'interrompit et attira son attention.

Celui-ci rayonnait ; tout, de sa posture à son visage, trahissait le ravissement que leur baiser lui avait apporté.

— Je pense que l'expérience était un succès, clama-t-il, en souriant d'un air narquois.

Puis il indiqua discrètement de la tête la porte de la pièce. Lorelei s'y trouvait ; elle souriait d'un air espiègle.

L'érection de Cole se dégonfla plus vite qu'un ballon de baudruche perdu dans un bassin de piranhas.

— Lori. Tu rentres tôt.

— On peut jouer à Mario ?

— Euh, tu peux, oui. Nous...

— Mais je ne veux pas jouer *seule*, commenta-t-elle, sur un ton qui n'avait rien de plaintif, mais tout de raisonnable.

Elle était bien trop avisée pour son âge ; elle avait sans doute compris que leur mère n'approuverait pas si elle découvrait que Lori avait été témoin du plan à trois de Cole dans le salon.

— Si tu...

— On va y aller, intervint Ari.

Cole le fixa. Son ami avait encore les lèvres rouges, tout comme ses joues, un peu irritées d'avoir été frottées par la barbe de Cole.

— Tu n'as qu'à jouer avec Lorelei, et tu nous appelles plus tard, d'accord ?

Il avait raison, bien sûr. Ils ne pourraient pas regarder un film maintenant – à supposer qu'ils en trouvent un qui aurait les faveurs de sa sœur. Cependant, il n'avait pas envie que ses amis s'en aillent, pas après ce qui s'était passé. Pas sans savoir ce que ça pouvait bien vouloir dire.

IL NE POUVAIT QUAND même pas le leur demander à tous les deux. Ce serait de la folie... non ? En serait-ce vraiment une ? Il n'aurait jamais une vie normale, selon des critères humains standards : un homme enceint pouvait difficilement trouver un boulot classique... tout comme il ne pouvait pas non plus s'imaginer habiter pour toujours dans la maison de ses parents. Cependant, les omégas ne devaient pas quitter le territoire de la meute, sauf si leur alpha les amenait dans une nouvelle meute. Vivre en ville, ça irait, mais sans travail, il n'aurait pas les moyens de déménager. Toutefois, quand il se mettait à penser qu'on attendait de lui qu'il reste chez lui et garde ses enfants toute la journée...

Cela dit, TJ et Ari avaient proposé de faire du baby-sitting, quel que soit celui sur lequel se porterait son choix. Donc... ils pourraient faire encore plus de baby-sitting si c'étaient... leurs propres enfants, non ?

Avoir deux personnes pour l'aider plutôt qu'une, c'était une bonne chose, n'est-ce pas ?

Ce n'était néanmoins pas pour cette raison qu'il envisageait cette hypothèse. C'était par égoïsme. Il les voulait tous les deux. Il les voulait déjà avant, tous les deux – il les regardait un peu trop, appréciait un peu trop chaque effleurement anodin, pensait à eux quand il était seul ; devenir un oméga n'avait pas changé cet état de fait. Ça n'avait pas non plus altéré sa manière de les désirer : il ne voulait pas se soumettre ou rester passivement allongé pendant qu'ils lui feraient des choses. Il souhaitait toujours les mêmes choses qu'autrefois ; ce qui avait changé, c'était qu'il avait le droit d'exprimer ses envies, désormais. Bon sang, s'il devait se fier à leur réaction à ses baisers, alors il pourrait même les convaincre de faire *ça*.

Il n'avait pas aimé cet état soporifique et ce brouillard dans lequel ses chaleurs l'avaient plongé, mais ça n'arriverait que certaines fois. Les autres pouvaient être différentes...

Il n'avait pas voulu s'arrêter, plus tôt dans la journée. Et à présent, il ressentait une pleine dose d'énergie refoulée. Se tournant vers sa table de nuit, il réalisa à cet instant que ce n'était pas la sienne. Il logeait toujours dans la chambre d'amis, mais ses mouchoirs et sa crème pour les mains se trouvaient dans sa chambre. Bordel. Il n'allait pas rester à l'écart de sa propre chambre à cause de son fichu nez. Il était sous le choc au moment où il avait décidé de ne plus y retourner. Mais à présent, il était en mesure de gérer.

Il sortit de son nouveau lit, emprunta le couloir et poussa la porte de sa chambre, prêt à se faire assaillir par sa propre odeur... Mais il n'y eut rien. Il mit quelques instants à se rendre compte que la pièce était étonnamment froide, et quelques autres pour remarquer que la fenêtre – qui coinçait toujours – n'avait pas été fermée convenablement.

Quelqu'un avait aéré sa chambre, pour lui. Il faillit en avoir les larmes aux yeux, mais il refusait de s'effondrer chaque fois que quelqu'un faisait preuve d'un peu de gentillesse à son égard. À part ce connard de médecin, tout le monde avait été adorable jusque-là. Plus qu'adorable, même, si on considérait que ni TJ ni Ari n'étaient en rien responsables de ce qui s'était produit entre eux, et qu'ils n'avaient donc aucune obligation de lui proposer non seulement leur soutien, mais également toute l'aide qu'ils pouvaient lui apporter.

Il ouvrit la fenêtre, inspira profondément, puis la referma proprement. Ensuite, il se dirigea vers son tiroir. Il marqua une hésitation, conscient que le bois aurait gardé son odeur, puisqu'il l'avait touché si souvent. Alors, il se boucha le nez et ouvrit de l'autre main. Il attrapa rapidement la crème qu'il posa sur la petite table, à côté de sa lampe de chevet, puis les mouchoirs, et à nouveau le tube. Il ne lui fallut qu'un instant pour faire volte-face ; pourtant, l'odeur imprégnée dans le tiroir lui parvint et le fit trébucher.

Son ancienne fragrance était tellement différente à présent que son loup n'avait qu'une seule envie : la fuir.

Il quitta la pièce en vitesse, referma soigneusement la porte derrière lui. L'ancien Cole était mort ; s'il demandait à ses parents de laver ses vêtements, il n'aurait alors plus à retourner dans la chambre de son enfance. Il n'avait même pas jeté un coup d'œil aux posters accrochés aux murs, ceux de voitures, de moteurs et de films. Ils l'auraient sans doute encore plus blessé que les odeurs n'avaient heurté son loup.

Peut-être valait-il mieux prendre un nouveau départ. Avoir une nouvelle chambre pour commencer une nouvelle vie.

Lorsqu'il revint dans la chambre qu'il occupait actuellement, il ne se sentait plus vraiment d'humeur à utiliser crème et mouchoirs. Néanmoins, les mettre dans le tiroir lui parut une première étape importante.

Chapitre 6

En se couchant, il s'était entraîné à différents moyens de parler à TJ et Ari, allant jusqu'à élaborer des solutions toutes plus ridicules les unes que les autres. Il avait même poussé le vice jusqu'à envisager d'écrire une *lettre*. Mais il avait oublié une chose : TJ et Ari étaient des mecs, il leur avait donné un avant-goût, alors ils le contactèrent dès le lendemain midi.

Ils ne se pointèrent pas, et Cole salua leur subtilité. Ils lui avaient en fait laissé deux messages sur leur groupe WhatsApp. Des messages vocaux, bien sûr, parce qu'ils savaient que Cole détestait la voix automatisée qui débitait les messages textes pour lui, presque autant qu'il détestait avoir à lire les mots lui-même sur l'écran.

10:33 Ari : « *On a piqué le livre de ta mère sur les loups, et il y a plein de trucs intéressants sur les omégas dedans, et...* »

10:35 TJay : « *Bref, on a fait tes devoirs pour toi, mon pote ! Tu nous dois au moins trois sachets de pop-corn chacun. On a mis ça sur YouTube.* »

Il cliqua sur le lien joint et découvrit une vidéo de cinquante minutes. Si les garçons avaient emprunté le livre deux jours plus tôt – peut-être quand Cole avait laissé Ari seul avec sa mère ; ce que celle-ci préférait chez ce dernier, c'était justement son obsession des bouquins –, alors ils l'avaient lu et en avaient résumé tous les points importants en très peu de temps... Il en eut une boule dans la gorge, touché, mais gêné de l'être autant. Difficile de garder l'esprit rationnel et de penser à eux comme à des types lambda après sa légère volte-face. Cole n'avait pas du tout fait semblant d'être réticent, même s'il s'était souvenu des événements ; il ignorait comment jouer les inaccessibles. Donc, la seule chose qui expliquait qu'ils aient fait ça, c'était... qu'ils tenaient à lui. Ils voulaient qu'il dispose de toutes les informations qu'il devait connaître afin de pouvoir prendre la bonne décision.

Il observa le loup banal qu'ils avaient choisi pour l'arrière-plan. Ils avaient intitulé la vidéo « Conseils pour omégas en herbe ».

Cela fit sourire Cole, malgré le vide dans sa poitrine. Il y avait déjà un *j'aime* à la vidéo, mais ce devait être TJ jouant au petit con, puisqu'elle n'était pas publique. Cole se demanda s'il existait quelque part d'autres omégas s'interrogeant sur tout ça. Cependant, si c'était le cas, ils n'auraient sans doute pas l'idée d'aller consulter YouTube, n'est-ce pas ?

Il appuya sur la touche *play* et entendit la voix d'Ari. Il s'empressa de mettre son casque. Il avait la quasi-certitude d'être seul à la maison, mais quand même... Il savait combien ses amis pouvaient se montrer irrévérencieux en privé.

Malgré le titre comique, la voix d'Ari était calme et sérieuse tandis qu'il énumérait les points essentiels :

– Si l'éveil vient d'avoir lieu, alors ton corps est encore en plein changement pour s'adapter à ses nouvelles fonctions. Le temps varie d'un oméga à l'autre pour terminer le processus, mais, dans tous les cas, une grossesse peut survenir entre deux et quatre mois après les premières chaleurs.

– D'après les témoignages, les chaleurs lors de l'éveil sont les plus violentes et puissantes, même si les omégas admettent que c'est peut-être juste parce qu'ils ne s'y attendent pas et que ce sont les premières.

– 99 % des omégas sont des femelles. 25 % des femelles loups-garous sont des omégas. Moins d'1 % des mâles loups-garous sont des omégas.

– Les omégas sont en chaleur durant la pleine lune. Ils ne seront pas en chaleur s'ils portent un enfant ou s'ils viennent d'accoucher.

– Les mâles oméga ne peuvent concevoir qu'à la pleine lune et si un mâle alpha se noue.

– Les mâles oméga peuvent commencer plusieurs grossesses simultanément.

À ces mots, il arracha son casque, puis batailla pour arrêter la vidéo. Il serrait fort les dents pour retenir sa nausée. Il écarta sa chaise et s'agenouilla au sol en comptant ses respirations. Inspirer et expirer. Inspirer et expirer. Jusqu'à ce qu'il ait le sentiment de pouvoir ouvrir les yeux sans s'évanouir – ou, pire : pleurer.

Du blanc envahit sa vision quand il se prit la lampe en plein dans la rétine, et il cligna rapidement des paupières. Puis il sortit de sous son bureau. Ses mains tremblaient comme s'il avait ingéré deux kilos de sucre non dilué.

Il savait de quoi il avait besoin : de courir. Pas pour fuir ça, c'était impossible, mais... Encore que ? Il regarda l'écran, hésita... Et si la réponse se trouvait là-dedans ? Et s'il existait un moyen de... de ne pas concevoir du tout ? Cependant, si une telle chose était envisageable, Ari l'aurait dit en premier, n'est-ce pas ? Son ami l'aidait à faire ses devoirs depuis qu'il avait failli rater son diplôme de fin de collège. Cole n'avait accepté d'aller jusqu'à la fin du lycée que parce qu'Ari et TJ avaient promis de lui faire des résumés des cours. En seconde, il avait bien essayé d'enregistrer lui-même ses professeurs, mais il ne disposait pas de six heures par jour en plus pour réécouter les cours et il ne pouvait pas non plus enregistrer ses propres résumés tout en écoutant. Alors, il faisait confiance à ses amis pour ça. Mais peut-être que...

Il récupéra son portable sur le bureau, hésita à enregistrer un message, mais préféra dicter quelque chose. Ce n'était pas parfait, et l'application avait quelques difficultés à comprendre son accent parfois, mais il ne voulait pas que ses amis entendent combien il était tendu. Et le résultat en l'état était de toute façon bien meilleur que sa propre orthographe.

11:55 Cool : *Ça dit comment les alphas peuvent contrôler le nouage ?*

Il plissa les yeux, essayant de se relire, mais il était trop anxieux pour y parvenir. Il appuya sur la touche « envoi ».

11:56 TJay : « *Ari est encore en train de le lire, mais pour l'instant, aucune info à ce sujet... Mais la femme du Premier Alpha doit nous passer des livres cet aprèm !* »

TJ faisait de son mieux pour garder un ton joyeux, mais il n'arrivait pas à masquer sa nervosité. Cole ne lui en voulait pas. TJ était un très bon étudiant, cependant, il était rare que la vie de quelqu'un dépende de ses recherches. Or, c'était bien ce qui était en jeu, si ce qu'ils avaient trouvé jusqu'à présent était avéré.

Il reposa le portable et se mit torse nu. Comme on était en plein jour, il ne voulait pas porter qu'un simple caleçon, même si tous ses voisins étaient des loups-garous et donc à l'aise avec la nudité. Toujours habillé, il entra dans la forêt et cacha ses vêtements dans un trou entre deux arbres – lui, en revanche, n'était pas sûr d'être encore à l'aise avec la nudité.

Puis il libéra son loup, comptant sur lui non seulement pour guider ses pas, mais aussi pour prendre le pas sur lui-même. Cole n'était qu'un passager dans son propre corps, seulement mû par l'instinct, par le besoin. Le loup mangea, puisque Cole avait manqué le petit déjeuner, marqua son territoire et s'arrêta enfin au bord de l'eau pour boire.

C'était le lac où ils avaient campé. Peu de temps s'était écoulé depuis ; les fragrances ne s'étaient pas encore totalement estompées, pas même dehors. Comme l'odorat était son sens le plus fort sous cette forme, Cole se remémora immédiatement ce soir-là. Ce désir qui l'avait consumé, qu'il avait mis sur le compte de ses dix-huit ans et du fait qu'il était tout le temps en manque en ce moment, et qui l'avait encouragé à proposer une séance de masturbation collective à ses amis, les mettant au défi de tenir plus longtemps que lui.

Il poussa un gémissement. Il se sentait si bête. Même le fait d'être sous forme de loup et de voir les choses sous un angle différent n'aidait pas. Ce loup à cause duquel il se trouvait justement dans ce pétrin. S'il n'avait pas été un loup, s'il avait simplement été... Il se transforma sans prévenir et s'écorcha les genoux.

Il frappa le sol, si furieux qu'il grogna, même si sa gorge humaine n'était pas faite pour ce son. Il se releva rapidement, s'attaqua à une branche parfaitement immobile, aussi épaisse que son bras, et l'arracha en criant. Puis il s'en servit pour taper sur l'arbre de toutes ses forces, indifférent aux feuilles, aux fruits ou aux échardes qui lui pleuvaient dessus ou lui volaient autour.

Il ne méritait pas ça. Il n'avait *rien* fait pour mériter ça. La branche lui tomba des mains et se brisa, et Cole suivit le mouvement, se remettant à genoux, avant de s'allonger pour se rouler le plus en boule possible. Comme si, en arrêtant d'être une proie facile, il pourrait empêcher l'univers de s'en prendre à lui.

IL AVAIT FINI PAR RENTRER chez lui et poser les questions épineuses.

13:44 Cool : *Est-ce que les alphas peuvent se nouer en dehors des chaleurs ?*

13:45 Ari : *Oui.*

13:45 Cool : *Comment ?*

13:52 TJ : *« S'ils sont vraiment excités, ils peuvent le faire. Certains alphas y parviennent plus que d'autres, c'est... Certains alphas sont célèbres pour ça. Parce que... hum... ils... euh... produisent beaucoup de... descendants. »*

C'était Ari qui avait prononcé le dernier mot. Donc, ils étaient encore ensemble. TJ était sans doute resté dormir chez Ari, car il avait lui-même toute une meute de petits frères et sœurs en vacances qui n'auraient jamais réussi à se taire assez longtemps pour que les garçons puissent étudier.

Cole aurait aimé y être aussi. Il détestait apprendre. Il avait été le plus heureux des hommes d'en avoir fini avec les cours, mais il était jaloux. Il voulait retrouver cette normalité consistant à être assis tous les trois dans la même pièce, tandis qu'ils examinaient le contenu des leçons et que Cole écoutait les versions audio que ses amis avaient pu trouver. Il les chargeait alors dans son portable pour les réentendre plus tard. Il n'allait pas prétendre que sa part de travail était égale à celle effectuée par ses amis ; ils lisaient bien plus vite que lui ne pouvait écouter, et Ari était doué pour résumer tout un paragraphe en une phrase, en l'espace d'une seconde. Mais Cole les avait aidés quand même ; les notes de TJ avaient grimpé dès lors qu'ils avaient commencé à bosser ensemble. TJ affirmait que le fait d'expliquer les choses à Cole à voix haute les rendait ensuite plus faciles à rendre à l'écrit à l'examen par la suite.

Ce n'était pas parfait. Ils n'étaient pas parfaits. Parfois, c'était trop dur à supporter pour les nerfs de Cole, et il ressentait le besoin de fuir leurs sessions de révision ou de frapper ses amis. Ce n'était pas leur faute si, alors qu'il demandait à un professeur de lui clarifier une notion qui était pourtant écrite, ce dernier – comme tant d'autres avant lui – lui avait parlé sur un ton très lent, comme s'il était *stupide* et non dyslexique. Mais Cole trouvait parfois injuste que ses amis ne rencontrent pas les mêmes difficultés que lui... En outre, TJ était de temps en temps insupportable, à se lancer dans de grands discours sur un sujet – même un qui ne le passionnait pas tant que ça – et refusant de se taire malgré les innombrables suppliques d'Ari et Cole ou le nombre de fois où ils affirmaient à leur ami bavard qu'il avait totalement raison. Quant à Ari... OK, il n'était pas aussi tapageur qu'eux, mais c'était justement parfois le problème chez lui. Parce que lorsqu'Ari était bouleversé ou avait besoin de quelque chose, il fallait alors se lancer dans un projet de recherche à part entière pour lui faire cracher le morceau, alors que s'il avait simplement bien voulu leur en parler directement, le souci aurait pu être réglé en dix minutes.

Le souci qui les occupait à l'heure actuelle ne se résoudrait pas en dix minutes, mais ils avaient au moins tout un mois pour gérer.

Ce qui signifiait qu'il pouvait aussi se rendre chez Ari.

Avant, il se prépara un sandwich. Il n'était pas nerveux, pas vraiment, mais il ne voulait pas que quoi que ce soit le distraie de ce qu'il faisait. Et il avait besoin d'un peu de temps supplémentaire avant d'entendre l'explication d'Ari, ou ne serait-ce que pour leur faire face en sachant ce qu'il se passait entre eux trois.

14:27 Cool : « *J'arrive. J'apporte le pop-corn.* »

C'était la première fois ce jour-là qu'il leur laissait un message audio, et il espérait que ses amis ne percevraient pas sa confusion dans sa voix. De toute façon, même s'ils l'entendaient, il s'en fichait ; il avait besoin de quitter cette maison au plus vite. En plus, bien qu'il n'existe aucun livre audio sur le développement des loups-garous, il pourrait toujours préparer du pop-corn et empêcher ses amis de s'endormir. C'était la moindre des choses.

SUR LE TRAJET, IL ÉCOUTA la fin de la vidéo YouTube. Il s'arrêta au *Tesco* pour chercher de quoi grignoter, alors qu'il se sentait sur le point de vomir. Ari avait cessé de lire, et lorsque TJ lui avait demandé pourquoi, l'enregistrement s'était interrompu. Puis il avait repris avec la voix de TJ, tremblante, mais déterminée :

— *« D'après les statistiques relevées sans confirmation scientifique, un mâle oméga pourrait engendrer entre dix et vingt enfants en moyenne. »*

Ari était intervenu pour préciser que ces données incluaient des rapports d'il y a plusieurs centaines d'années, cependant, à ce moment-là, Cole était déjà penché dans le frigo du magasin à respirer profondément pour se calmer.

La suite s'avéra plus positive. Les mâles oméga avaient dans l'ensemble des bébés en meilleure santé que les autres – une affirmation attestée par aucune source et n'ayant aucune explication logique, mais Cole s'en fichait ; ça lui allait. Devenir partenaire d'un oméga était considéré comme un honneur, et de puissants alphas avaient même cherché leur compagnie, ce qui avait permis à certains omégas de jouer un rôle dans les lois des loups-garous.

D'un point de vue physiologique, les mâles oméga pouvaient enfanter jusqu'à ce que leur premier enfant connaisse sa première grossesse. Il n'était pas dit s'ils pouvaient s'accoupler avec des femelles alpha, mais vu que ces dernières ne s'éveillaient alpha qu'une fois la pleine maturité atteinte – quarante, voire cinquante ans –, elles avaient généralement déjà une famille le temps que l'éveil arrive. La mère de Cole s'était elle-même éveillée à peine trois ans plus tôt, à l'âge de quarante ans, et ça avait fait grand bruit. Elle était la plus jeune de trois femelles alpha dans leur meute, toutes mariées.

De toute façon, c'était une question qu'il ne pouvait pas poser à ses amis, car non seulement ils n'en sauraient rien, mais en plus, ils pourraient mal le prendre que Cole pense à une complète étrangère pour partenaire plutôt qu'à eux... Il envisagea plutôt d'envoyer un message à sa mère. Elle était sur un groupe Facebook de femelles alpha d'Angleterre, alors s'il existait le moindre cas...

Il se rendit aux caisses automatiques plutôt que d'aller voir un caissier. En temps normal, il aimait échanger des banalités avec eux et était plus que content de ne pas avoir à se fier à ses propres compétences pour appuyer sur les bonnes touches. Mais ce jour-là, il voulait bien s'y résoudre, si ça lui permettait de ne pas avoir à ouvrir la bouche. Car il se sentait à deux doigts d'exploser.

Le temps d'arriver et de sonner chez Ari, il avait fini la vidéo, mais avait toujours l'impression qu'un semi-remorque avait roulé sur son cerveau.

TJ lui ouvrit et récupéra le sac dans sa main.

— Tu as l'air d'avoir besoin de pioncer, fit remarquer son ami en l'observant.

Cole tourna l'écran de son portable vers lui pour lui montrer ce qu'il écoutait. TJ afficha une moue de regret.

— C'était trop ? Ari ne voulait pas te le dire, mais c'est ta vie. On ne pouvait pas...

Cole secoua la tête et referma la porte, surtout pour avoir quelque chose contre quoi s'appuyer et fermer les yeux quelques instants. TJ comprit le message et se tut. Il était toujours aux côtés de Cole quand celui-ci rouvrit les paupières, mais il farfouillait dans les en-cas en émettant par moment des sons approbateurs.

— J'ai besoin d'un peu de temps pour gérer tout ça. Ça faisait trop d'informations, tu vois ?

TJ en releva brusquement la tête, les yeux écarquillés, trahissant son inquiétude. Cole réalisa ce qu'il avait dit.

— Pas dans le sens *trop* d'informations, mais plutôt dans le sens littéral. Ça fait une heure que je vous écoute parler.

— D'accord.

— Eh, les mecs ! les interpella Ari depuis le salon.

D'accord, il avait dû entendre une partie de leur conversation, mais quand même... Le moment choisi était absolument parfait, à la limite du surnaturel. Cole reprit le sac du magasin des mains de TJ.

— Arrête de lambiner. Va travailler, sinon, tu n'auras pas le pop-corn promis.

TJ fit la moue en tentant de fourrer sa main dans le sac.

— Je veux des Doritos !

Cole mit les achats hors de portée de son ami.

— Vas-y ! Je vais te chercher la sauce salsa.

TJ lui lâcha alors la grappe, et les deux garçons le laissèrent tranquille pendant qu'il s'occupait des en-cas, même s'il prit tout son temps et en profita pour se faire un thé et le boire. Il attrapa un plateau pour y poser de quoi grignoter – le père d'Ari était fan de tout ce qui était vintage, si bien que la famille possédait bien plus de plateaux en bois que quatre personnes n'en avaient besoin – et prépara enfin les boissons quand il eut tout fini, afin qu'elles restent assez chaudes, même au goût d'un loup-garou.

Dès qu'il le vit, Ari lui fit un grand sourire trahissant sa joie enfantine et se leva pour récupérer sa propre tasse de thé – avec du lait, sans sucre. Ensuite, il en avala une gorgée, les yeux fermés, comme s'il s'agissait d'un don du ciel. Cole hésita entre se moquer de sa réaction et observer simplement son ami faire, car ce spectacle lui réchauffait le cœur.

TJ s'éclaircit la voix en s'emparant du bol de Doritos et de la salsa, attirant l'attention de Cole, auquel il lança un regard entendu quand leurs yeux se croisèrent. Cole avala sa salive, conscient de rougir ; une nouvelle fois, il regretta que sa peau le trahisse autant. Certes, il n'était pas rose pâle comme les Anglais, grâce à sa grand-mère égyptienne ; néanmoins, il était jaloux de la capacité de TJ à garder son embarras secret.

TJ eut la gentillesse de ne pas commenter. Il se contenta de fourrer un Doritos dans sa bouche étirée d'un sourire narquois, puis il retourna vers la table.

Cole but sa seconde tasse de thé tandis que les autres reprenaient leur travail. Il avait besoin de ce calme. Il savait que, s'il laissait les informations faire lentement leur chemin dans son cerveau, il trouverait des questions pertinentes à poser. C'est alors qu'il se rendit compte qu'il disposait de certaines réponses, lui aussi. Il ne leur avait jamais parlé de Sam.

Ari lui en voulut un peu lorsque Cole leur avoua qu'il ne leur avait pas tout dit, mais le pardon vint facilement quand il leur expliqua qu'il avait le numéro de Sam, qui l'avait invité à le contacter quand il le souhaitait pour répondre à toutes les interrogations qui émergeraient. Cole aurait volontiers laissé l'appel à quelqu'un d'autre, mais cela aurait été impoli envers Sam de le confronter par téléphone à un alpha inconnu.

Sam décrocha avec son habituel ton enjoué.

— Salut, étranger !

— Euh, salut, dit Cole, un peu troublé. Est-ce que je te dérange ?

— Non, j'ai juste...

Puis un enfant se mit à pleurer, et Sam soupira.

— Tu entends ça ? Je viens de me porter la poisse. Je te rappelle... Ou si je ne le fais pas, n'hésite pas à me rappeler, d'accord, Cole ?

Il raccrocha sans attendre la réponse de celui-ci, qui n'eut donc d'autre choix que d'accepter. Mais bon, il ne pouvait pas lui en vouloir de s'occuper d'un bébé en pleurs. Il adressa un haussement d'épaules impuissant à TJ et Ari qui l'observaient attentivement, et dit :

— Problème de bébé.

TJ hocha la tête, compréhensif. Ari, cependant, qui n'avait sans doute jamais tenu un bébé de sa vie, eut l'air particulièrement inquiet. Cole se demanda si son ami commençait à réaliser ce qui l'attendrait s'il acceptait d'être son partenaire. C'était douloureux à voir, mais, d'un autre côté, Ari devait faire son choix en toute conscience. Cole était peut-être effrayé et tellement énervé que sa colère lui faisait encore plus peur, néanmoins, il n'avait jamais été du genre à forcer les gens à faire des choses, quels que soient ses propres besoins.

— Je vais mettre un minuteur, déclara Ari, qui retourna à sa lecture avec le même plaisir que l'on ressentait à se blottir sous sa couverture préférée.

Une prise de conscience s'imposa alors à lui : ce n'était pas à Sam qu'ils devaient parler, mais à Jake. Car c'était l'alpha de Sam qui avait compris comment ne pas se nouer. Or, comme

Sam était incapable de lui résister, cela signifiait que c'était grâce à son alpha qu'ils n'avaient pas eu trop d'enfants.

JAKE ACCEPTA DE RÉPONDRE à Cole au téléphone, mais quand le jeune homme suggéra qu'ils se rencontrent, l'alpha resta silencieux quelques instants.

— Écoute, gamin. Je sais que c'est difficile. Je... Ça a déjà été dur pour nous, pourtant, on était ensemble depuis longtemps quand c'est arrivé. Mais parler de... des détails de notre vie avec toi...

— Et en discuter avec un alpha ? demanda tout à coup Cole.

Il n'était peut-être oméga que depuis deux semaines, néanmoins, il avait vécu toute sa vie aux côtés d'alphas.

— Ça vous irait ?

— Euh...

— S'il vous plaît, insista Cole. Aidez-moi, je vous en prie, aidez-nous. Je ne sais pas quoi faire.

— D'accord, d'accord. Pas la peine de me faire ce ton de chien battu ! Par la Déesse, Sam m'attire toujours toutes sortes d'ennuis !

— Merci beaucoup, lui dit Cole, sincèrement soulagé. Pouvez-vous les rencontrer ? Ils peuvent se déplacer jusqu'à votre meute. Enfin, Sam est venu, je ne peux pas vous demander...

— Non, tu ne peux pas, puisque je travaille demain. Mais je finis à sept heures, alors, s'ils arrivent à 19 h 30, je pourrai leur parler. Il y aura qui ? Ton père ?

— Mon père est un bêta, précisa-t-il. Ce sont mes amis qui vont venir. Ils... Ils sont alphas, donc ils comprendront ce que... ce que vous leur expliquerez.

— Tes amis... Ceux qui étaient présents lors de ton éveil ?

Jake avait adopté un ton sérieux, s'exprimant davantage comme le père de Cole que comme un type accédant à sa requête pour qu'il arrête de l'embêter.

— Oui, admit-il, espérant que l'alpha ne changerait pas d'avis en sachant la vérité.

— Je vois, répliqua celui-ci. Très bien, je les verrai demain à sept heures et demie. Quand ils arriveront à Bolton, ils pourront demander à n'importe qui où se trouve notre maison.

— D'accord. À sept heures et demie demain. Merci encore !

Après l'appel, il s'affala sur la table, indifférent au silence de ses amis. Puis TJ lui tapota l'épaule.

— Bien joué, Cole.

L'intéressé gémit et se redressa.

— Je n'en reviens pas d'avoir dû recourir à ça. J'ai toujours trouvé ces histoires de « réservé aux alphas » stupides, mais je me disais que ça ne faisait de mal à personne, tout le monde a droit à son club privé, non ?

TJ, qui lui avait pris la main, et Ari le regardaient avec circonspection.

— Vous n'avez pas compris ce qui vient de se passer ? J'avais besoin d'aide pour découvrir comment rendre *ma vie* supportable, mais lui, il s'apprêtait à refuser, car ça voulait dire parler sexe avec un oméga !

— Oh, commenta TJ à voix basse. Euh... ouais, c'est merdique.

C'était l'euphémisme du siècle. Cole en avait sa claque.

— Ari ? Je peux te piquer ton lit pour faire un somme ?

— Pas de souci, accepta celui-ci.

Ils étaient sans doute aussi soulagés l'un que l'autre à l'idée que Cole arrête de déblatérer sur la manière injuste dont les alphas traitaient les omégas, même si Ari masquait mieux ses sentiments que TJ.

— Mon lit est ton lit.

TJ ricana face à cette mauvaise adaptation du proverbe, et Cole leva les yeux au ciel.

— Désolé de me barrer comme ça. Je redescends tout à l'heure.

— Vas-y, l'encouragea TJ. Ça ne nous aide pas de t'avoir tout maussade et adorable.

Cole, arrivé à la porte de la pièce, lui lança un coup d'œil stupéfait, alors que TJ refermait la bouche avec un bruit parfaitement audible. Son ami ne rougissait peut-être pas de manière visible, mais son regard fuyant trahit son embarras.

Cole aurait voulu sortir une réplique impertinente, peut-être s'essayer au flirt, mais il était vraiment lessivé. Il n'avait pas bien dormi, et le déluge d'informations qui ne cessaient de l'inonder commençait à se faire sentir. Alors, il échangea simplement un sourire avec Ari puis les laissa seuls.

Chapitre 7

Il remua, s'éveillant dans un cocon de chaleur, entouré par l'odeur familière d'Ari, aussi réconfortante que son lit. Il mit quelques instants à se rendre compte que quelqu'un lui caressait doucement la joue, de son oreille à son menton, si lentement que le doigt laissait des chatouillis dans son sillage. Cole tourna la tête, ce qui délogea la main, et découvrit TJ, qui l'observait depuis le bord du lit où il était assis.

TJ le dévisageait encore, comme s'il n'avait pas remarqué que Cole était réveillé. Mais il le fixait droit dans les yeux, comme... comme s'il attendait quelque chose. Le cœur battant à tout rompre, Cole s'éveilla peu à peu complètement, le scrutant toujours. Puis TJ prit la parole :

— Le dîner est prêt.

Cole eut un léger sursaut, dont il ignorait l'origine. Comme si TJ n'aurait pas dû parler. Mais pourquoi ? Et pourquoi n'auraient-ils pas fait à manger ? Cole détourna le regard et s'assit, cependant, TJ n'avait pas bougé. Au contraire, plus Cole se redressait, plus TJ s'appuyait sur le lit. Cole leva les yeux et s'agrippa au bras de TJ pour l'empêcher de tomber – du lit ou sur lui.

— Quoi ? demanda-t-il.

— J'ai vraiment envie de t'embrasser encore, lui avoua son ami, qui se mordit aussitôt la lèvre, comme s'il souhaitait pouvoir ravaler ses paroles.

Ou pour se retenir d'en dire davantage.

Ce n'était pas nécessaire. Cole était peut-être une créature surnaturelle, faite de magie et de lune, mais il était humain également. Il se pencha vers son ami, trop vite, sans la moindre grâce, et s'empara de ses lèvres. TJ poussa un gémissement et les écarta. Ce fut comme le déclencheur de leur étreinte ; ils se tenaient l'un à l'autre tandis que leurs langues s'entremêlaient. Cole posa les mains sur le visage de TJ, caressant la douce peau sous son menton pour l'encourager à adopter un angle favorable afin de lui lécher les dents. TJ gémit et se laissa faire, détendu, à l'aise, ce que démentaient ses mains agrippées au tee-shirt de Cole comme si sa vie en dépendait. Puis Cole se pencha juste un peu trop loin, et ils se débattirent maladroitement pour rester sur le lit, roulant sur eux-mêmes en riant, leur hilarité toujours présente alors qu'ils se retrouvaient emmêlés l'un dans l'autre sur la couverture.

TJ, dont les jambes entouraient celles de Cole et dont le membre se pressait pile contre le sien, marqua une hésitation. Cole, non. Il prit la nuque de TJ à deux mains et rapprocha à nouveau sa bouche de la sienne, là où était sa place. Cette fois-ci, le baiser fut plus doux, non parce que leur désir était moins désespéré, mais parce que leurs corps étaient alignés et que les garçons ne voulaient pas tout faire foirer. Le sexe de Cole se blottissait contre la courbe de la hanche de TJ ; ce dernier se frottait contre l'abdomen de Cole à travers son jean. La fermeture à glissière irritait un peu la peau dénudée de son ventre, là où son tee-shirt s'était relevé ; cependant, Cole refusait de lâcher son ami et toute cette étendue de peau dorsale offerte à ses caresses, même pour se mettre un peu plus à l'aise.

Puis TJ décala ses hanches, et ils s'ajustèrent parfaitement. Cole geignit, assailli par cette sensation, et enfonça les ongles dans le dos de TJ, qui réagit comme si Cole avait glissé la main directement dans son pantalon : il transpirait et frémissait, comme à deux doigts de la jouissance. Ils en étaient proches, si proches... TJ poussa alors fort et se figea, en proie à l'orgasme. Il mordit Cole dans le cou, faisant haleter le jeune homme, et si fort qu'il laisserait une marque. Cole avait besoin de lever les hanches, mais l'angle n'était pas le bon, et il ne parvint qu'à créer une petite friction frustrante.

TJ resserra ses genoux, le souffle encore un peu court, les joues rouges.

— Attends, laisse-moi...

S'équilibrant sur une main, il posa l'autre sur l'entrejambe de Cole. Son premier effleurement fut hésitant, mais Cole était déjà trop loin pour pouvoir s'empêcher de se frotter contre cette paume ou même de gémir. Puis TJ poussa plus fort et referma les doigts autour du tissu au bon endroit. Il n'en fallut pas plus... Il arqua le dos comme si cette position lui était tout à fait naturelle et jouit, avec la main de TJ encore en place, le maintenant.

Lorsque sa vision redevint claire, il remarqua que TJ était toujours agenouillé entre ses jambes écartées. Il avait retiré sa main, mais avait le regard rivé sur l'aine de Cole. Il observa la zone à son tour et rougit en constatant qu'il avait souillé son pantalon.

— Merde.

TJ sortit de sa transe.

— Ça va, tu peux... Tu peux prendre un des pantalons d'Ari.

Bizarrement, sa propre phrase le fit sursauter et s'écarter vivement de Cole, pour se remettre debout en regardant autour de lui d'un air affolé.

— Merde, *Ari*.

Cole sortit du lit à son tour et grimaça face aux sensations qui l'assaillirent dans son sous-vêtement. Il était encore sensible. Observant la pièce, il remarqua une boîte de mouchoirs sur le bureau d'Ari, au milieu de ses livres, et en attrapa quelques-uns. Il s'en servit pour se nettoyer, après avoir ouvert le bouton de son jean.

— Qu'est-ce que tu fais ? s'exclama TJ, interrompant son geste.

— Je m'essuie ? répliqua Cole en jetant les mouchoirs dans la poubelle.

— Mais il va *savoir*.

Cole fronça les sourcils.

— C'était censé rester secret ? Tu as oublié ce qui s'est passé la dernière fois que je vous ai vus, les mecs ?

— Mais il était là, cette fois-là, ce n'était pas...

Sa voix mourut sur ses lèvres. Il souffla.

— Tu sais qu'il te veut aussi.

Cole hésita, tendit la boîte de mouchoirs à TJ, puis lança :

— Je ne choisirai pas entre vous deux.

TJ parut stupéfait.

— Je... Je ne comprends pas.

Cole s'obligea à le regarder dans les yeux. Il ouvrit la bouche, une première phrase sur les lèvres, puis haussa les épaules.

— Je pense que vous devriez d'abord aller parler à Jake, pour vraiment savoir dans quoi vous vous engagez, parce que...

— Es-tu en train de dire ce que je pense que tu dis ? l'interrompit TJ, qui avait l'air un peu agité.

Cole haussa une nouvelle fois les épaules. TJ s'approcha et le prit par le poignet.

— Tu veux... Tu veux faire ça avec nous deux ?

En effet, et il le savait. Il s'était même convaincu qu'il en avait le droit. Cependant, il ne pouvait pas se permettre de révéler ses sentiments pour l'instant, pas si...

— Il faut que tu poses la question.

— Quoi ?

— Ce n'est pas pour rien que ce sont les alphas qui doivent demander, rétorqua Cole sur un ton pincé en essayant de dégager son bras.

— J'ai demandé, fit remarquer TJ, très calme, en total désaccord avec son naturel expansif. Je te l'ai dit. On veut faire ça, mais je croyais... Enfin, on a vu quelques cas, mais...

— Non, répliqua Cole en secouant la tête. Je ne veux pas de ça comme ça. Je ne veux pas que tu me le demandes juste parce que tu étais présent quand je me suis *éveillé*, ou parce que nous sommes meilleurs amis, ou parce que tu as le béguin pour moi.

TJ parut complètement perdu.

— Alors, pourquoi ?

Cette fois-ci, il lâcha le bras de Cole.

— J'ai besoin... Besoin de savoir que tu en es sûr. Tu as parlé... de faire la navette et tout ça, mais ce n'est pas facile. Tu avais des projets, et...

— Toi aussi, tu en avais, fit remarquer son ami sur un ton serein. Les projets, ça évolue.

— Ouais, admit Cole. Mais moi, je suis foutu quoiqu'il arrive. Je ne veux pas qu'il vous arrive la même chose.

— Je ne comprends pas. Qu'est-ce que tu veux, alors ?

Cole leva les yeux vers lui. TJ le regardait lui aussi, mais d'un air suggérant que Cole était un puzzle qui ne cessait de changer sous ses yeux. Puis la porte s'ouvrit.

Ils se tournèrent vivement vers Ari, dont les yeux s'écarquillèrent dès que les odeurs de la pièce lui parvinrent. Il les observa à tour de rôle, les lèvres tremblantes.

— Euh... Je... suis désolé, je...

Il s'en alla, sans prendre la peine de refermer derrière lui.

— Merde, dit Cole, qui soupira. Je dois arranger ça.

— *Nous* devons arranger ça, rectifia TJ, avant de regarder son pantalon. Mais vas-y d'abord. Je vais avoir besoin de ces mouchoirs.

Cole, avant de sortir, prit juste le temps de se vaporiser du déodorant – un leurre destiné aux parents d'Ari, s'il tombait par hasard sur eux.

ARI ÉTAIT OCCUPÉ À rassembler les livres pour pouvoir dresser la table, et quand Cole s'approcha pour lui donner un coup de main, son ami lui lança à peine un regard.

— Je suis désolé, on n'aurait pas dû faire ça dans...

— Ça va, le coupa Ari, la gorge nouée. J'étais juste surpris.

— Oh, arrête ! Ce n'était pas cool du tout. Mais ne te méprends pas...

Ari posa bruyamment les livres sur un bureau situé dans un coin de la pièce.

— Cole, tout va bien. Je sais ce que tu ressens pour TJ, ce n'est pas...

Il s'interrompit, mais pas parce qu'il était mal à l'aise ; son père venait de sortir de la cuisine, une éponge à la main pour nettoyer la table.

— Salut, Cole. Comment vas-tu ?

M. Spielberg était un alpha ; il semblait néanmoins totalement inconscient de l'état de Cole. Celui-ci était soulagé que l'autre homme ne puisse deviner que son pantalon était humide de sperme.

— Euh, bien.

Ari en profita pour s'enfuir. Cole n'aurait aucune chance de s'entretenir avec lui seul à seul, à présent.

Ari revint avec plusieurs plats qu'il posa un peu partout, puis alla récupérer des fourchettes et des couteaux dans le tiroir du buffet. Le moment ne serait juste pas mal choisi, il serait *horriblement* mal choisi. Cole ne pouvait pas aborder le sujet de leur relation alors que son père ne cessait d'entrer et sortir de la pièce, avec des plats et des boissons à la main. Cependant, il ne pouvait pas laisser tomber pour autant. Il attendit que M. Spielberg s'éloigne à nouveau pour s'approcher de son ami, et, grâce à sa force considérable, il lui saisit le bras, interrompant Ari dans sa distribution des serviettes. Celui-ci leva les yeux vers lui, le visage toujours fermé, mais Cole ne demandait qu'une chose : avoir l'opportunité de lui parler.

— Promets-moi de me donner une chance de m'expliquer après le dîner.

Ari souffla, agacé, et tenta de se dégager de l'emprise de Cole. Il aurait pu y arriver s'il avait vraiment essayé, évidemment. Mais il ne pouvait le faire sans un remue-ménage ; or, de tous, Ari était le plus déterminé à maintenir un certain calme en présence de ses parents. Cole ne comprenait pas bien la dynamique des Spielberg. Ari et ses parents semblaient s'entretenir surtout de sujets académiques ou de concepts abstraits ; Cole et TJ, qui avaient dormi un vendredi soir ici, avaient ainsi surpris le lendemain matin une conversation à propos de la phonologie anglaise. Cole pensait bien que les parents d'Ari ignoraient tous les détails de son éveil. Et ce n'était certainement pas lui qui allait aborder le sujet. Tous les membres de la meute étaient bien sûr au courant qu'il était un oméga, mais il aimerait mieux que la rumeur ne se répande pas qu'il avait couché avec ses amis. Même s'il était intimidé, il savait aussi qu'Ari préférerait se faire torturer que d'avoir une discussion personnelle en présence de ses parents. Alors, il ne fut pas surpris du regard exaspéré mais résigné que son ami lui lança avant d'acquiescer.

Cole le lâcha. Une chance de s'expliquer, c'était tout ce qu'il demandait, dans ces circonstances.

LA NOURRITURE ÉTAIT bonne, et Ari joua son rôle à la perfection. Néanmoins, le malaise de Cole et la culpabilité de TJ pesaient lourd dans la pièce. Cela ne n'empêcha pas Cole de prendre une part du gâteau que Mme Spielberg avait apporté pour le dessert en honneur de son éveil – car ce n'était vraiment pas le moment de vexer les parents d'Ari –, mais il refusa la seconde.

Cole n'eut pas à supplier Ari pour lui parler. Celui-ci se leva de table et demanda à pouvoir être exempté des corvées de fin de repas.

— Nous avons encore des recherches à faire.

Ses parents ne s'enquirent pas des détails ; ils devaient déjà être au courant. Les trois garçons furent encouragés à quitter la pièce – munis de tellement de livres et de carnets qu'ils peinèrent à tout porter à eux trois –, et les parents leur suggérèrent de ne pas se coucher trop tard.

Ari lâcha son chargement sur son bureau, fit signe à ses amis de faire de même, puis agita la main vers Cole.

— Parle, dit-il sèchement.

Cole mit quelques instants à trouver ses mots.

— Je suis désolé pour...

— Cole, intervint TJ, dis-lui, c'est tout.

L'intéressé lui jeta un regard mauvais. Ce n'était pas facile d'aborder un tel sujet. Il savait cependant que TJ avait raison : Ari était blessé et pensait avoir été rejeté. Par les deux garçons. Incapable de fixer Ari dans les yeux, il se lança néanmoins :

— Vous m'avez dit que je n'avais pas besoin de liste, parce que vous deux... Très bien, je... C'est ce que je veux.

— Avec nous deux, clarifia TJ, et Cole eut envie de se taper la tête contre le bureau.

— Oui, ajouta-t-il. Je... Il faut que tu sois sûr, parce que ça ne sera pas facile, et que la dernière fois que j'ai prononcé le mot « bébé », on aurait dit que tu avais vu un fantôme...

— Cole, tu ne peux pas faire ça, répliqua Ari, d'une voix si peinée que Cole s'empressa de le regarder.

— Quoi ? Pourquoi ? Tu n'en as pas envie ?

Ari secoua la tête.

— Ce n'est pas ça. Ça pourrait être dangereux. Je... On ne sait pas comment ça marche, ajouta-t-il, avec un geste englobant le corps de Cole. Tu n'es pas obligé de faire ça. Je comprends que tu ne veuilles pas que les choses deviennent différentes entre nous, mais même si vous vous accouplez tous les deux, ça ne sera pas le cas. Je te l'ai dit : je reviendrai, j'apprendrai à changer des couches... Ce n'est pas rédhibitoire. Pas pour moi.

— Comment ça, dangereux ?

Ari se raidit et s'efforça d'adopter un visage neutre, celui que TJ et Cole qualifiaient d'« expression professorale ». Les épaules toujours contractées, il reprit la parole, les yeux tellement dans le vide qu'il aurait tout aussi bien pu être en train d'observer l'océan.

— Coucher avec deux alphas, ça peut engendrer deux grossesses simultanées.

Cole eut un mouvement de recul instinctif. Il baissa les yeux et tenta de respirer calmement. Il le savait ; ses amis avaient abordé le sujet dans leur vidéo. Grossesses multiples simultanées. Il n'avait pas oublié, mais il n'avait pas réalisé que ce n'était pas qu'un accident, comme quand on attendait des jumeaux. Il n'avait pas réalisé que ça pouvait être fait de manière intentionnelle. Il recula jusqu'à se retrouver assis sur le lit d'Ari, où, les coudes sur les genoux et le visage enfoui entre ses mains, il tenta de calmer son cœur, qui battait si fort qu'il semblait vouloir sortir de son torse.

Ses amis lui laissèrent le temps de digérer l'information : les seuls sons audibles dans la pièce étaient sa respiration et le tic-tac du réveil d'Ari.

— Cole ? finit par demander TJ. Est-ce que je peux essayer l'effet apaisant, comme la fois où...

Ses mots moururent sur ses lèvres, sans doute parce qu'il se remémora la dernière fois qu'il avait fait usage de son pouvoir d'alpha sur Cole, quelques heures après l'avoir monté.

Cependant, le souvenir de cette débauche de sexe n'était plus aussi effrayant, plus depuis qu'ils avaient pris leur pied ensemble, plus depuis qu'il était clair qu'ils étaient aussi partants l'un que l'autre pour le faire. Cole hocha la tête, et TJ s'assit à ses côtés, une main sur la nuque dégagée de Cole. Ensuite, TJ poussa un soupir.

Pendant quelques instants, il ne se passa rien. Puis Cole sentit la contraction dans son torse disparaître et retrouva une respiration plus normale.

— Ça marche ? demanda Ari, de l'autre côté de la pièce.

Cole leva la tête et la hocha en tremblant un peu.

— C'est un sacré don, commenta-t-il.

Il tendit la main gauche à TJ, pour que celui-ci s'en saisisse. Le temps que dura l'absence de contact entre sa nuque et sa main ne fut pas des plus agréables, mais beaucoup plus supportable qu'après l'éveil.

— Merci de m'en avoir parlé, dit-il à Ari, une fois plus calme.

— Quoi ? répliqua ce dernier. Pourquoi est-ce que je fais toutes ces recherches, d'après toi ? Parce que je veux que tu en saches le plus possible. J'ai besoin de savoir pour pouvoir t'aider.

— D'accord. Merci de faire ça. Et merci… d'être mon ami.

C'était un peu bizarre de remercier Ari pour ça, mais d'un autre côté, il aurait été insultant de ne rien dire. D'accord, Cole savait déjà que leur amitié était spéciale. Cependant, une partie de lui s'était imaginé que lorsque ses amis partiraient pour l'université en le laissant derrière eux, ils l'oublieraient. Il avait fait de son mieux pour ne pas leur en vouloir : c'était leur avenir, après tout, ils avaient le droit de trouver leur voie. Mais une partie de lui avait désiré qu'ils restent à ses côtés, afin que rien ne change, afin qu'ils restent tous les trois ensemble.

Visiblement, ses vœux allaient être exaucés ; néanmoins, l'adage disait vrai : il faut se méfier de ce que l'on souhaite.

Cole n'était plus aussi sûr que son idée soit excellente, et il lui était impossible de retirer ses paroles.

Chapitre 8

Après ça, Cole était rentré chez lui et avait dormi jusqu'à près de midi le lendemain, malgré la sieste faite chez Ari. Il aurait pu appeler ses amis, ne serait-ce que pour qu'ils fassent une pause dans leurs recherches et viennent jouer aux jeux vidéo avec lui. Mais il ne s'agissait pas de devoirs scolaires qui pouvaient attendre, et il ne pouvait pas amoindrir l'importance du travail qu'ils faisaient sous prétexte qu'il se sentait seul et en manque d'affection.

Il n'avait pas le droit de se montrer aussi égoïste. Il devait arrêter de se jeter sur eux et d'insister jusqu'à ce qu'ils disent oui à tout ce qu'il voulait. Il savait qu'ils tenaient à lui et qu'ils le désiraient. Mais ce n'était pas la même chose que de s'engager, à dix-huit ans à peine, à passer leur vie entière à prendre soin de lui. Ce n'était déjà pas très juste de sa part de le demander, alors insister l'était encore moins. Au moins, son frère était resté à la maison plutôt que d'aller faire un sport quelconque au centre municipal, alors Cole n'était pas tout seul.

— Du water-polo, avait simplement indiqué Jesse.

Son expression dégoûtée parlait pour lui. Son frère détestait se retrouver dans l'eau. Ce n'était pas à la suite d'un traumatisme, alors, s'il était de bonne humeur, Cole pouvait le taquiner en lui disant qu'il était un chat-garou et non un loup-garou, pour craindre autant l'eau.

Ils firent plusieurs parties de Mario, où Cole accepta le rôle de Luigi que Jesse tint à lui assigner. Il perdit parce qu'il n'arrivait pas à se concentrer, mais Jesse eut la gentillesse de ne pas en parler et de ne pas le regarder bizarrement. Peut-être que leurs parents lui avaient demandé d'être plus gentil – ce qui serait condescendant au possible, mais, si ça lui permettait d'éviter les questions sur les raisons de son jeu merdique, il pouvait faire avec.

Il prépara des bagels pour son frère et lui. Il faisait si chaud ce jour-là que si lui-même avait été invité, il aurait été plus qu'heureux de faire du water-polo. Ils devraient peut-être aller quand même à la piscine ; combien de temps tiendrait-il, torse nu, en public ?

Jesse lui donna un coup de coude si violent qu'il faillit en lâcher son sandwich.

— Du Pepsi ? demanda-t-il, et vu son ton, ce n'était pas la première fois qu'il posait la question.

La bouteille qu'ils partageaient n'étant qu'à peine plus proche de Cole, celui-ci faillit dire à son frère de se l'attraper tout seul, agacé que Jesse ne se soit pas levé. Mais si son trouble intérieur se voyait sur son visage, alors son frère avait eu raison de le sortir de sa transe. Il lui donna donc la boisson.

— Enfant gâté.

— N'importe quoi. Tu veux regarder *Top Gear* ?

Cole savait reconnaître un rameau d'olivier quand on lui en tendait un. Les voitures étaient le seul sujet sur lequel Jesse et lui étaient en totale adéquation. Sauf en ce qui concernait les BMW, mais c'était surtout pour plaisanter, rien de plus. Il trouva l'épisode qu'ils avaient enregistré malgré les plaintes de leurs parents sur le fait qu'ils prenaient toute la place sur le disque dur de la box.

Jesse lui rendit le Pepsi, et aussi facilement que ça, l'après-midi fila.

IL NE VIT PAS PASSER 18 heures, mais il remarqua sans peine 20 heures, 20 h 30 et 20 h 45. Après quoi il abandonna son téléphone sur le plan de travail de la cuisine et se rendit à l'étage, dans son ancienne chambre. Il retira les posters des murs, les roula et les fit tenir à l'aide de scotch pris sur le dérouleur qu'il n'avait jamais changé de chambre ; après tout, sans devoirs d'école à faire, il avait rarement besoin de scotch. Puis il farfouilla les tiroirs de son bureau – dans lesquels s'attardait encore un peu son odeur de bêta, mais en gardant la bouche fermée, il n'en fut pas trop incommodé – pour y récupérer tous ses ouvrages et son matériel scolaire. Si on lui laissait le choix, plus jamais il n'écrirait sur un papier de toute sa vie. Et il savait pertinemment qu'il ne tenterait jamais de lire ses livres d'école.

Il était occupé à les empiler au sol quand sa mère passa la tête par l'embrasure.

— Ça va ?

— Je ne vais plus en avoir l'utilité, n'est-ce pas ? répondit-il, en indiquant les livres d'un geste du bras.

Sa mère resta silencieuse quelques instants.

— Non, concéda-t-elle. Et ils auront sans doute changé d'ici à ce que ton frère en ait besoin. Ou peut-être que, d'ici là, ils auront enfin donné une tablette à chacun, ajouta-t-elle, amère.

Elle avait peiné à croire qu'il puisse être dyslexique, mais une fois qu'elle l'avait admis, elle avait sans relâche demandé des dispositifs d'aide, par exemple des livres électroniques qu'une tablette aurait pu lire à la place de Cole, plutôt que de simples règles de lecture colorées.

Cole haussa les épaules, fataliste.

— Ça n'a plus vraiment d'importance à présent.

— Dis donc, monsieur, tu n'es pas le seul enfant dyslexique au monde, tu sais ?

Il haussa à nouveau les épaules, indifférent. Il n'avait pas assez d'énergie en cet instant pour se battre pour la justice sociale.

— Je les mets à la poubelle ?

— Quoi ? Non !

Elle s'approcha pour saisir le livre de mathématiques.

— On va les donner à la bibliothèque. Trouve un carton pour les ranger, puis pose-le dans la voiture.

— Est-ce que je peux conduire ? lança-t-il tout à coup.
Elle hésita.

— Si tu m'emmènes au travail, je peux te laisser la voiture. Je demanderai à ton père de me récupérer demain soir.

Cole eut un grand sourire. Il adorait conduire, mais ses parents avaient décidé qu'il ne pourrait avoir une voiture que lorsqu'il serait en mesure de se la payer lui-même, et tous les deux avaient besoin des leurs pour se rendre au boulot. Ils ne travaillaient pas très loin, mais comme ils vivaient en pleine nature afin que la meute bénéficie d'une certaine liberté, les transports en commun ne desservaient pas la zone. Et difficile d'expliquer aux humains que faire vingt kilomètres de marche rapide pour se rendre au travail était une promenade de santé pour eux.

— Génial, dit-il, en tentant d'adopter l'accent prononcé de sa mère.

Celle-ci leva les yeux au ciel, comme chaque fois qu'il essayait de l'imiter.

En allant chercher les cartons dans le garage, il s'autorisa à jeter un coup d'œil à son portable. Quand il constata qu'à peine une demi-heure s'était écoulée depuis la dernière fois qu'il avait consulté l'écran, il fut à la fois déçu et conscient qu'il méritait de l'être. Il s'interdit de vérifier avant d'avoir mis deux cartons de plus dans la voiture de sa mère – il préférait celle de son père, mais à cheval donné, on ne regarde pas les dents.

22:22 Ari : « *On se voit demain matin ? Ils nous ont invités à manger ce soir, c'est pour ça qu'on repart tout juste...* »

Sur un coup de tête, il téléphona à son ami, qui décrocha comme s'il n'attendait que ça.

— Vous pouvez venir chez moi ?

— TJ ? demanda Ari.

— Oui, oui. Je prendrai l'autre sortie. Compris.

— On sera là dans... vingt minutes, je dirais ?

— Appelez-moi quand vous arrivez, je sortirai.

Comme il lui était impossible d'être sûr que ses amis seraient bien là d'ici vingt minutes et non vingt-cinq ou quarante, Cole s'occupa l'esprit en allant proposer ses posters à Jesse. Son frère voulait bien celui représentant une voiture décortiquée, mais il exigea que Cole enlève de son territoire les affiches de ces groupes ringards – à savoir, les Beatles et Pink Floyd.

Sa mère le vit sortir de la chambre de son frère. Fatiguée, elle n'en gardait pas moins l'esprit aussi affûté que d'habitude.

— Qu'est-ce qui t'arrive ?

— Ils sont allés voir l'alpha de Sam.

— Oh, TJ et Ari, tu veux dire ?

— Ouais, confirma-t-il tout bas.

Il ne voulait pas minimiser l'importance de l'événement, mais il ne savait pas non plus comment expliquer ce qu'il désirait vraiment former avec ses amis. Ou ce qu'il avait désiré former, d'ailleurs. Parce que si Ari avait raison...

— J'imagine qu'ils y sont allés parce que ça n'aurait pas été juste de lui demander de faire tout le trajet lui-même. Déjà que Sam a eu la gentillesse de le faire...

— Non, c'est...

Il se reprit, mais trop tard. Elle fronçait les sourcils. Autant tout balancer.

— Il ne souhaitait pas me parler, de toute façon.

— Quoi ? Pourquoi ?

Il lui lança un regard entendu.

— À ton avis, pourquoi est-ce qu'un alpha ne voudrait pas me parler de sexe ?

Elle serra les dents, puis secoua la tête.

— J'oublie toujours combien les mâles alpha peuvent être stupides.

Les *mâles* alpha. Cole avait complètement zappé le groupe Facebook de sa mère rassemblant les femelles alpha. Cependant, il hésita. Bien sûr, elle s'en rendit compte.

— Qu'est-ce qu'il y a ?

— Tu sais, ton truc Facebook ? Avec les femmes alpha ?

Il observait son visage de près pour guetter sa réaction. Demander à sa mère de le mettre en contact avec une de ses copines était carrément bizarre – or, il ne fallait pas se leurrer, c'était exactement ce qu'il faisait.

— Oh.

Jusque-là, elle paraissait davantage sous le choc qu'offensée.

— Tu veux...

— Non ! réfuta-t-il brusquement.

Il se frotta le coude, comme si la gêne que lui procurait cette conversation n'était que physique et qu'il lui suffisait de se gratter pour la faire partir.

— Enfin, je... j'ai juste pensé que... euh... je pouvais toujours demander ?

— Cole..., dit-elle à voix basse, et il sut qu'il n'allait pas aimer sa réponse. La plus jeune du groupe a trente-quatre ans.

— Oh. OK.

Cole fixa ses chaussures.

— Et elle est en couple, conclut sa mère, comme s'il était nécessaire d'ajouter quoi que ce soit, comme si le fait que la femme en question avait deux fois son âge n'était pas suffisant.

— OK, répéta-t-il. J'ai compris.

Il était incapable de la regarder, car il ne voulait pas voir son expression. De toute façon, ça avait eu peu de chance de réussir...

— Tous les mâles alpha ne sont pas comme lui, tu sais ?

Il faillit défendre Jake. La réticence de ce dernier l'avait lui-même énervé, mais il se souvenait aussi de sa propre gêne à l'idée d'aborder cette problématique spécifique avec un autre mâle oméga – même si aucun tabou ne les empêchait d'en parler. Mais après tout, Jake n'avait que faire de l'opinion de la mère de Cole à son sujet… Et même si Cole n'avait jamais réellement cru ça possible, il n'en demeurait pas moins difficile d'apprendre qu'il ne pourrait jamais envisager d'être avec une femme. Qu'il n'avait finalement pas le choix.

Son téléphone fit tout à coup entendre la sonnerie d'Ari, et Cole faillit bondir au plafond, même s'il était heureux d'être sauvé par le gong.

— Je dois…, dit-il vaguement.

Il se rua dans l'escalier sans attendre la réponse.

IL LES REJOIGNIT SOUS le porche, sur la balancelle. Ils l'attendaient. Ils s'étaient doutés que Cole ne souhaitait pas avoir cette conversation à l'intérieur, là où sa famille pourrait les entendre facilement. La nuit était fraîche, pourtant, TJ ne portait qu'un tee-shirt, et Ari guère plus. Cole n'avait pu s'empêcher de les regarder, mais à vrai dire, il n'en avait jamais été capable. En outre, plus la peine de se cacher à présent. C'était déjà ça, non ?

— Salut, dit-il, étudiant leurs traits pour avoir un indice sur la façon dont la conversation avec Jake s'était déroulée.

— Viens là, lança TJ, en lui faisant signe de s'approcher.

Cole non plus n'était pas habillé pour lutter contre le froid, mais il pouvait le supporter. Il préférait avoir quelques frissons que se laisser toucher par ses amis, alors qu'il se sentait déjà à deux doigts d'exploser. En outre, la balancelle n'était vraiment pas assez grande pour trois. Sans oublier qu'il voulait voir leurs visages pendant la conversation. Donc oui, il s'approcha, mais pour s'adosser face à eux à la rambarde. TJ soupira, mais n'insista pas.

— Vous allez m'obliger à supplier ?

— Hum, alors... commença Ari.

Il regarda Cole, puis ses propres genoux. Remarquant le carnet qui y était posé, Cole se retint de rire. C'était tout Ari, ça, de prendre des notes pendant une conversation sur le sexe.

— Tu veux les bonnes ou les mauvaises nouvelles d'abord ? intervint TJ.

— Les bonnes, répondit Cole sans hésiter.

Il avait besoin de quelque chose de positif.

TJ donna un coup de coude à Ari.

— Parle-lui de ce truc d'autorégulation. C'est toi le scientifique, ici.

Ari ignora son compliment, mais s'exprima avec sa confiance habituelle.

— Le corps d'un oméga ne va pas entrer en chaleur sans cesse. Les chaleurs s'arrêtent pendant la grossesse et... l'allaitement.

Cole avait les yeux rivés sur le menton d'Ari, mais nul besoin de voir le visage de son ami pour *entendre* qu'il s'empourprait. Ils devaient tous deux être de la couleur d'un feu rouge.

— Et si tu... si un oméga a plusieurs enfants, les chaleurs s'espacent.

— *Beaucoup*, s'immisça TJ. Après avoir accouché des jumeaux, Sam a mis *dix-huit mois* avant de sentir de nouvelles chaleurs.

— Oh, commenta Cole à voix basse.

— On ne sait pas vraiment si d'autres facteurs entrent en compte. Sam avait déjà deux enfants avant d'accoucher des jumeaux...

— Quel est l'intervalle, d'ordinaire ? demanda Cole, qui veilla à parler d'une voix normale.

— Eh bien, ça dépend... euh... de chaque oméga...

— Sur la vidéo, tu m'as dit d'ici combien de mois je pouvais...

Il indiqua vaguement son ventre, l'estomac noué, et s'interrompit avant de rendre son dîner.

— C'était dans les livres, oui, expliqua Ari. Mais visiblement, personne n'a eu l'idée de demander aux omégas tous les combien de temps ils avaient leurs chaleurs. Ce n'est pas à chaque pleine lune, pas non plus dès lors qu'il n'y a pas de grossesse en cours ou de..., mais...

— Ari, le coupa Cole. Donne-moi quelque chose, s'il te plaît. Je ne peux pas...

Il avala la boule qu'il avait dans la gorge.

— Je dois y réfléchir avant que ça se reproduise ou...

— Tous les trois mois, lança TJ.

Cole se figea et croisa son regard, malgré lui.

— Voire quatre, mais ça dépend d'un million de choses. Ari les a toutes notées.

Cole hocha la tête. Quatre fois par an, peut-être trois s'il avait de la chance. Sam lui avait déjà expliqué que les grossesses des mâles oméga étaient plus courtes que celles des femmes – six mois à peine – et que les bébés tétaient environ six mois avant que leurs dents ne poussent et qu'ils ne puissent passer aux aliments solides. Cole n'avait pas pu lui demander à ce moment-là combien de temps après la fin de... cette période il devrait attendre avant que tout se reproduise. La seule idée de vivre ça une fois le faisait frémir... Alors, si dix-huit mois c'était « beaucoup » plus longtemps...

— Hé ! s'écria TJ, qui se leva brusquement pour poser une main sur le bras de Cole.

Celui-ci sursauta et eut un mouvement de recul, manquant de se cogner à la rambarde dans son dos. TJ s'écarta tout à coup, la mine défaite. Il ne prononça pas un mot et resta simplement immobile, comme figé sur place par le rejet de Cole.

Ce dernier poussa un soupir.

— J'ai juste... besoin... Quelles sont les mauvaises nouvelles ?

Ce fut Ari qui répondit, sur un ton scolaire, comme s'il déblatérait sur les couleurs de l'arc-en-ciel.

— La seule façon d'apprendre à contrôler le nouage, pour un alpha, c'est de s'entraîner en dehors des chaleurs.

Cole leva la tête et fronça les sourcils.

— Tu veux dire qu'ils doivent coucher ?

Il avait l'impression qu'ils avaient inversé bonnes et mauvaises nouvelles. Regardant TJ, il haussa les épaules à son intention, une sorte d'excuse muette. TJ répondit du même geste et retourna s'asseoir sur la balancelle.

— Ce n'est pas du sexe *normal.* Tu sais ce que c'est le nouage ?

— C'est *moi* qui vous en ai parlé, leur rappela-t-il.

Il était conscient qu'il n'était pas aussi intelligent qu'Ari, mais parfois, le ton de celui-ci franchissait la limite entre serviabilité et condescendance, comme s'il était toujours en équilibre dessus.

Ari leva les deux mains en un geste d'apaisement, et faillit tomber, car TJ choisit pile ce moment-là pour les faire balancer.

— Oui, mais... Tu avais l'air de l'ignorer.

— Je *veux* pouvoir coucher, affirma Cole, croisant sans peine son regard.

Il n'en avait pas du tout honte. Bon sang, il n'avait de toute façon pas son mot à dire quant au genre de son partenaire sexuel, alors pourquoi devrait-il se sentir mal de désirer coucher avec des hommes ?

Le pied de TJ glissa du sol à ces mots et Ari dut le tirer brusquement en arrière pour le retenir. Au moins, cela interrompit leur balancement. Car si Cole comprenait leur besoin de ne pas rester immobiles, lui-même ne pouvait s'empêcher de suivre le mouvement du regard, ce qui le distrayait quelque peu.

— Tu... La dernière fois, tu avais l'air de vraiment flipper, expliqua Ari. Je veux dire après, quand tu... quand les chaleurs sont passées.

— J'étais vraiment à l'ouest la dernière fois, répliqua Cole en haussant les épaules. Je ne me souviens pas de grand-chose. Comme cette fois-là, où on a fumé des champignons à la fête de Kayne.

Ils avaient fait preuve d'arrogance, ce soir-là, en croyant que les drogues humaines ne les affecteraient pas. Au point de ne pas avoir pensé au fait que, même si les plantes agissaient différemment sur eux, il n'en demeurait pas moins que certaines avaient de puissants effets sur les loups, et donc sur les loups-garous. Par chance pour TJ et Cole, Ari n'avait pris qu'une bouffée avant de passer son tour. Sinon, les parents des deux garçons auraient découvert le pot aux roses.

TJ ricana.

— C'était de la balle, hein ?

Cole lui rendit son sourire. Il se sentait plus à l'aise de parler des choses qu'il voulait faire avec son corps que de celles que son corps avait besoin qu'il fasse.

— Ouais. Je t'ai vomi dessus, Ari, non ? Je crois que je ne m'en suis jamais excusé.

Ari balaya ses excuses d'un revers de main.

— Si c'est *ça* ton discours d'avant-match, je ne suis pas vraiment impressionné...

Cole déglutit, parfaitement conscient que, en effet, il essayait de les convaincre de coucher avec lui.

— Alors, vous voulez... ? Même si... ?

Il s'interrompit. Il ne souhaitait pas casser l'ambiance une nouvelle fois.

— Et toi, est-ce que tu le veux ? s'exclama Ari, incrédule. Même si ça signifie que tu pourrais... ?

Il ne termina pas non plus, ce dont Cole lui fut reconnaissant. Sa gorge se serra quand même. Il ne pouvait s'empêcher d'y penser, mais il avait bien écouté : il ne pouvait y échapper, mais s'il pouvait ralentir la cadence...

— On dirait que ça pourrait être *moins* dangereux.

— Il marque un point, commenta TJ à voix basse.

Ari se tourna à ce moment-là vers lui, l'air furieux.

— Et toi, alors ? Tu veux de moi ?

TJ écarquilla les yeux, sous le choc. Cole se sentit un peu désolé pour lui ; son ami d'enfance était le seul à essayer de garder la tête froide, dans cette situation, et eux deux semblaient déterminer à la lui arracher.

— Bien sûr que je veux de toi !

Son indignation était perceptible.

— Je n'aurais jamais cru avoir besoin de te le dire. Sérieux, je t'ai embrassé dès que tu me l'as demandé, ça devrait être un indice, non ?

Cette déclaration coupa le sifflet d'Ari. TJ l'observait toujours d'un œil perçant, comme s'il s'attendait à ce qu'Ari explose à nouveau.

— Les gars, intervint Cole. Je ne veux pas... Je pense qu'il faut qu'on y réfléchisse tous. Je ne cherche pas à me rétracter, mais même si... même si aucun de vous ne souhaite s'engager dans la durée, je veux quand même faire ça ce soir. Je refuse que mes seuls souvenirs de relations sexuelles avec un mec soient ceux de mes chaleurs, j'aimerais m'en souvenir vraiment et... Et je veux le faire avec vous.

TJ se lécha les lèvres. Cole était incapable de le regarder dans les yeux ; il aurait peut-être dû, dans la mesure où il lui demandait littéralement de le baiser, mais... Mais il ne pouvait pas le faire, pas tant que TJ n'aurait pas accepté. C'était stupide, sans doute, cependant, une part de lui ne croyait pas vraiment TJ quand ce dernier affirmait l'avoir toujours désiré.

TJ reprit la parole, la voix rauque.

— Maintenant, tu veux dire ?

Ce n'était pas un « oui », mais c'était tout comme. Il haletait comme un homme ayant couru un marathon. Cole leva les yeux pour adresser un regard franc à son ami et tenta d'adopter un ton décontracté, alors même qu'il rougissait de nouveau.

— Tu as mieux à faire ?

— Oh, par la Déesse, murmura Ari, qui se couvrit le visage à deux mains.

TJ, cependant, riait, et d'après l'odeur que dégageait Ari, celui-ci était intéressé. Il avait dit à Cole qu'il n'avait pas besoin d'être son amant pour que leur amitié perdure, néanmoins, son sexe avait durci dès l'instant où Cole avait fait son offre. Ari aimait avoir le contrôle, surtout de lui-même ; or, Cole l'avait poussé dans ses retranchements.

Il avança vers la balancelle, les yeux rivés sur l'espace entre ses amis, où ceux-ci l'avaient invité à s'installer précédemment. Il hésita... S'il s'asseyait, il serait coincé entre eux deux. Il les désirait, ça ne faisait aucun doute, mais il refusait de se mettre en position de faiblesse, incapable de se sortir de cette situation. Avant qu'il ne puisse prendre une décision, TJ lui fit de la place de son côté, tout comme Ari, malgré sa réaction mélodramatique d'un instant plus tôt. Cole poussa un soupir un peu plus incertain qu'il ne voulait bien l'admettre, puis s'approcha. Plutôt que de s'asseoir, il mit un genou sur la balancelle dans l'espace vacant. Elle trembla, mais n'oscilla pas – les garçons la maintenaient en place avec leurs jambes de chaque côté de celle de Cole.

Il sentait leurs yeux sur lui, attendant qu'il fasse un geste. Levant la tête, il croisa le regard d'Ari, vers lequel il se pencha, une main sur sa nuque. Il perçut sous ses doigts le pouls d'Ari qui s'accélérait, et il vit son ami rougir.

— Cole..., dit-il, d'une voix si rauque qu'elle avait dû lui écorcher la gorge.

Il tremblait légèrement.

— Tu veux que j'arrête ? souffla Cole, mais Ari secoua la tête, les yeux rivés à ses lèvres.

Un signe plus qu'évident qu'il espérait un baiser. Cole posa la bouche sur celle d'Ari, un simple effleurement de peau pour commencer, même s'ils s'étaient pelotés quelques jours auparavant. Ari gémit, comme de douleur, et Cole faillit reculer, mais alors, son ami s'abandonna à son étreinte, se redressant pour aller à la rencontre du baiser. Puis il ouvrit les lèvres, partant à la conquête de la langue de Cole, tout en attirant celui-ci contre lui grâce à ses mains sur la taille du jeune homme. C'était agréable, si agréable, si juste. Cole était en érection, lui aussi, et se maudissait de ne pas avoir le courage de chevaucher Ari. Il ne pouvait que se presser contre le flanc de son ami. Leurs cuisses se frottaient d'une manière bizarre, leurs mains s'attiraient au plus près pour essayer de se fondre l'un dans l'autre, malgré les lois de la physique et le caractère inflexible des os et des chairs.

Bien qu'ils puissent retenir leur souffle plus longtemps que des humains, ils avaient quand même besoin de respirer à un moment donné. Cole baissa la tête, et Ari l'embrassa sur la joue, puis sur l'oreille.

— Euh, les gars ? intervint TJ d'une voix éraillée.

Ari se redressa, et Cole se tourna vers son autre ami.

— On pourrait aller à la cabane dans l'arbre.

Cole, empressé, en lâcha l'épaule d'Ari.

— Oui !

Ce dernier éclata de rire, amusé par l'excitation de Cole, mais aussi pour exprimer la sienne. Maladroitement, ils se relevèrent. Heureusement, la cabane n'était pas très enfoncée dans la forêt – elle avait été placée là pour leur donner un sentiment d'intimité, mais pas trop loin afin que les adultes puissent y venir si besoin.

Cole songea tout à coup qu'ils devraient se trouver un logement ensemble, s'ils voulaient faire ça... Il repoussa cette pensée. Il n'allait pas s'inquiéter de l'avenir maintenant, pas alors qu'il allait enfin obtenir ce qu'il désirait depuis des années. Il comptait bien savourer chaque minute.

Monter une échelle avec une érection n'était pas le genre d'expérience qu'il était impatient de réitérer, mais une fois en haut, il s'aperçut qu'ils avaient laissé les futons roulés dans un coin et protégés – Ari n'était pas un fan de la vie au grand air, néanmoins, il était toujours prêt à toute éventualité –, et l'idée de TJ parut encore meilleure.

Il fit volte-face et découvrit l'ami en question derrière lui, qui grimpait justement l'échelle. Il lui prit le bras et le tira, jusqu'au milieu de la pièce, directement dans ses bras, si bien qu'ils se retrouvèrent enlacés des genoux au cou. Cole l'embrassa pour le remercier de sa bonne idée.

TJ gémit. Il peina un peu à rattraper son retard dans cette session pelotage inattendue. Il manqua d'ailleurs les faire tomber en frottant fort son sexe contre la hanche de Cole, qui perdit alors l'équilibre. Ils parvinrent à rester tant bien que mal debout, surtout en s'accrochant l'un à l'autre, jusqu'à ce qu'Ari arrive derrière Cole et les stabilise complètement. Ils se mirent à rire, car ils étaient des adultes, désormais, mais semblaient avoir oublié de simples notions qu'ils maîtrisaient pourtant parfaitement depuis l'enfance.

À contrecœur, Cole poussa doucement TJ et indiqua les futons d'un signe de tête.

— Prépare-les. Je n'ai pas envie de me geler le cul.

Il en profita pour retirer son tee-shirt.

Dès qu'il vit la peau nue de Cole, TJ se retrouva incapable de détourner le regard, incapable de faire autre chose. Puis, quand il assimila les paroles de Cole, il se mit brusquement en mouvement. Ari se moqua gentiment de lui et passa les bras autour de la taille de Cole, par-derrière, offrant son torse solide et chaud au dos du jeune homme. Ses mamelons dressés lui embrasèrent la peau.

TJ fit une révérence après avoir installé le couchage de fortune, empilant les futons les uns sur les autres, prenant presque toute la place dans la cabane.

— Votre Seigneurie, dit-il, en adoptant un ton snob.

Cole éclata de rire. C'était tellement dingue et mignon à la fois, à peu près comme chaque plan improbable qu'ils avaient concocté au fil des ans… Et toutes ces années, dans chacun de ces plans, ils avaient été là les uns pour les autres. D'un geste, Cole fit comprendre à Ari qu'il voulait reculer, et celui-ci le lâcha. Alors, Cole se jeta sur les futons et roula dessus comme un chiot qui s'ébattrait dans l'herbe, riant même quand il se cogna le coude un peu trop fort lorsque celui-ci entra en contact avec une zone sans couchage. Puis il roula sur le dos et s'installa sur le futon du milieu, bras et jambes écartés.

Il remarqua alors le visage amusé de TJ.

— Dis-le, lança-t-il, pas vraiment agacé ; il connaissait assez son ami pour savoir que celui-ci avait une plaisanterie sur le bout de la langue.

Pourtant, TJ secoua la tête, et même s'il souriait, son expression n'avait plus rien à voir avec celle de quelqu'un sur le point de rire.

— Tu pourrais enlever ton pantalon.

Cole l'observa, hésitant. Il bandait toujours, mais il ne voulait pas non plus être le premier à le faire. Cependant, ce ne fut pas nécessaire. Suivant le regard hypnotisé de TJ, il constata qu'Ari avait pris l'initiative de se déshabiller, laissant tomber son tee-shirt et son pull à mailles torsadées dans un coin. Sa peau pâle luisait au clair de lune. Ari était le plus grand, tellement qu'il avait pu leur acheter de l'alcool avant même la classe de première. En outre, il était bâti comme un spécimen parfait, le genre que l'on trouvait dans les livres d'anatomie ou dans un musée : les lignes définies de ses abdominaux rejoignaient ses hanches avec harmonie, et des poils étaient éparpillés sur son ventre, devenant plus sombres à mesure qu'ils se rapprochaient de la bosse dans son pantalon.

Cole savait qu'il avait déjà touché cette peau, pourtant, ses doigts le démangeaient du besoin de recommencer maintenant. Il s'assit, tandis que TJ rattrapait son retard et retirait son haut aussi, dévoilant ses tétons rose sombre, puis se penchait pour défaire ses lacets, offrant au regard la courbe de son fessier... Cole entreprit de se déchausser, surtout pour arrêter de baver comme un imbécile en les regardant fixement.

Son hébétude ne s'améliora pas quand, relevant la tête après en avoir fini avec ses chaussures, il découvrit Ari en sous-vêtement et TJ en train de faire descendre complètement le sien, pour se dévoiler, nu et en érection. Cette fois-ci, plus personne ne pouvait prétendre que ce n'était qu'une question de friction ; TJ bandait pour eux. Pour Cole.

Sans y réfléchir, il se leva et posa une main sur la taille de TJ pour l'embrasser – torse contre torse, leur peau douce, chaude et déjà un peu moite ; quant à l'autre, il la mit sur le sexe de son ami. TJ s'accrocha à lui, tremblant. Mais ensuite, Ari gémit, exprimant un plaisir presque douloureux, et Cole sortit de sa transe. Il lâcha le membre de TJ et plia le genou pour le presser contre l'érection de son ami et lui offrir un peu de soulagement, puis il mit fin au baiser pour trouver le regard d'Ari. Ignorer les doux geignements de TJ qui se frottait contre sa jambe était difficile, tout comme sa bouche contre son cou, néanmoins, Ari les fixait, et lorsque Cole lui proposa de s'approcher, il fut contre eux en un instant.

Plutôt que de venir entre Cole et TJ, Ari se plaça dans le dos de ce dernier qui se raidit un instant, puis inclina la tête en arrière contre l'épaule de leur ami. Il semblait sur le point de craquer. Pendant quelques secondes, Cole hésita entre l'embrasser et lui mordiller le cou. À ce moment-là, Ari enlaça TJ par derrière et le pressa contre son corps, et Cole y vit la possibilité de faire autre chose. TJ était suffisamment distrait pour que le recul de Cole ne lui vaille qu'un grognement interrogateur. Alors, le jeune homme se mit à genoux, attrapa les cuisses de son ami d'enfance et fourra son visage au niveau de la jonction entre la jambe et l'aine. Il caressa de sa joue râpeuse la hampe de TJ, qui sursauta si fort qu'il aurait donné un coup de genou à Cole si celui-ci ne l'avait pas maintenu. Quand il leva la tête, il vit que son ami avait les pupilles entièrement dilatées. Son sexe tressauta contre la joue de Cole lorsque leurs yeux se croisèrent, puis une nouvelle fois.

Les lèvres tremblantes, TJ parla, questionnant, suppliant à moitié.

— Cole ?

— Ouais ? répondit l'intéressé, malgré sa gorge sèche.

TJ hésita, puis il hocha légèrement la tête et la tourna vers Ari, comme si c'était un spectacle trop dur à supporter. Dans cette position, Cole ne pouvait pas voir Ari, mais il remarqua que ses bras se serraient pour maintenir TJ. Il aurait voulu être doux, et il avait maté suffisamment de porno pour connaître certaines astuces, mais il en avait rêvé – dans son lit, surtout

– depuis trop longtemps pour pouvoir résister. Il s'empara du sexe de TJ et en suça le gland. La saveur explosa sur sa langue, salée et suave. TJ poussa un cri, tressaillit contre eux. Cole avala le liquide salé et légèrement acidulé, puis se pencha à nouveau. Cette fois-ci, il le suça plus loin, en gardant une main sur la base de la hampe pour l'empêcher de s'enfoncer entre ses lèvres. Il frémissait de plaisir à l'idée qu'on lui baise la bouche, mais comme il ne l'avait jamais fait avant, il craignait d'en avoir des haut-le-cœur.

S'écartant un peu, il huma l'excitation de son ami et l'odeur familière douce propre à TJ, sans oublier celle d'Ari. Ari, qui caressait le torse et le ventre de TJ, détaillant ses courbes d'un doigt léger qui fit se trémousser TJ contre lui, et grogner Ari. Il avait dû se frotter à son érection. Cole aurait adoré voir ça, mais il avait du pain sur la planche. Il resserra ses doigts et se pencha pour une nouvelle succion, et cette fois-ci, enfila le membre dans sa bouche jusqu'à ressentir un certain malaise qui l'obligea à déglutir. Les hanches de TJ tressautèrent si violemment à ce moment-là que Cole en perdit l'équilibre et dut enfoncer les ongles dans la cuisse de son ami pour rester à la verticale.

Il recommença, déglutit, et TJ geignit, comme s'il était incapable d'en supporter davantage. C'était peut-être bien le cas, puisqu'il choisit ce moment-là pour parler :

— S'il te plaît, je... je ne peux pas...

Cole continua sa fellation, trouvant le bon rythme pour respirer, sucer, passer la langue sur toute la hampe et reculer.

— Cole, Co... Cole, tu...

Le goût était de plus en plus prononcé, ou peut-être était-ce parce que son nez s'enfonçait de plus en plus dans l'aine et que l'odeur se mélangeait à la saveur à chaque poussée.

— Cole ! aboya TJ d'une voix brisée.

Son membre se mit à pulser dans la main de Cole ; il s'épaissit, devint plus chaud, puis le sperme jaillit. Ce que le cerveau de Cole ne réalisa que quand il avait déjà commencé à avaler. Il aurait voulu tenir le rythme, mais TJ était un alpha, et Cole n'avait jamais fait ça avant. Il finit par s'écarter et essaya de tenir son visage hors de portée des jets blancs. S'il y parvint, il ne put pas en dire de même de son torse, qui fut bientôt recouvert de semence. C'était carrément excitant, et ça eut un effet immédiat sur son propre sexe. En outre, le sperme exhalait l'odeur de TJ. *Cole exhalait l'odeur de TJ.*

Il était si raide qu'il aurait pu forer un mur, pourtant, il n'était capable que de se réoxygéner pour le moment. Puis on le poussa en arrière ; TJ, à genoux devant lui, l'allongea sur le dos. Il l'embrassa, un baiser passionné et obscène, approfondi, comme s'il ne supportait pas l'idée de manquer la moindre goutte de sperme qu'il avait laissée dans la bouche de Cole, indifférent au fait que sa semence sur le torse de ce dernier s'étalait sur lui-même. Cole gémit, accroché aux bras de TJ. Il sentit des mains sur son pantalon – l'un des deux seuls vêtements qui lui restaient – et il mit quelques instants à réaliser que c'était Ari qui le dénudait. TJ était à quatre pattes au-dessus de lui, ce qui laissait à Ari toute latitude pour enlever les habits de Cole.

Celui-ci gémit quand son membre fut libéré, puis Ari l'empauma, et il perdit toute faculté de coordination allant au-delà du halètement. Pas dérangé pour deux sous, TJ lui embrassa la joue, puis le cou, qu'il suça. Cependant, Ari n'avait pas encore joui et n'avait plus la patience d'attendre, visiblement : Cole entendit une petite tape, puis le cri de TJ en réponse, qui s'écarta ensuite pour donner le champ libre à Ari, avant de reprendre la bouche de Cole. Ari lui releva les jambes, les posa sur ses propres épaules, puis pencha la tête pour lui lécher les bourses. Cole comprenait à présent pourquoi TJ avait crié plus tôt. Si, à l'instant où Ari attrapa son testicule gauche entre ses lèvres pour le faire rouler sur sa langue, Cole n'avait pas eu celle de TJ dans sa bouche, il aurait hurlé si fort qu'il aurait réveillé toute la maisonnée, de l'autre côté de la clairière. Il enfonça les ongles dans les bras de TJ, parce qu'il craignait de mordre celui-ci s'il ne s'accrochait pas à autre chose, et qu'il avait peur de faire le moindre geste, alors que la bouche d'Ari se trouvait dans une zone aussi sensible. Quand Ari se recula pour respirer lourdement, Cole se tortilla et gémit, ne se frottant contre rien d'autre que de l'air, comme si son cerveau n'était pas en mesure de comprendre que ça ne servait à rien.

— Mm... dit Ari, qui soufflait sur le sexe et les testicules humides de Cole comme s'il ignorait l'effet produit. Je suis là...

Il releva et écarta un peu plus les jambes de Cole, et enfonça la langue entre ses fesses.

Celui-ci se tourna et mordit fort dans le bras de TJ, pleurant presque en sentant la chaude caresse mouillée contre son orifice. TJ gémit, mais pas de douleur, manifestement. Il maintenait toujours Cole et l'embrassait partout où il le pouvait. Ari non plus ne s'arrêta pas ; il fourra de nouveau sa langue, et encore une fois, malgré les cuisses de Cole qui se serraient autour de ses épaules. Il continua, le dévorant comme s'il voulait atteindre le centre de son corps. Cole était de plus en plus humide... Ce fut alors qu'il se *souvint*. Il s'était déjà senti ainsi avant. Non pas parce qu'Ari le lui avait déjà fait, non. Non, ça s'était produit quand il avait été en chaleur, où, sans l'aide de personne, il était devenu de plus en plus humide, si bien que ses alphas... *Ses alphas...*

— Ari ! le supplia-t-il, quand TJ lui laissa l'opportunité de parler.

Il en avait besoin maintenant. Il ne pouvait plus attendre. S'il ne jouissait pas... Mais Ari n'écarta pas la bouche. Il se réinstalla simplement différemment pour pouvoir poser une main sur le sexe de Cole et tirer dessus. Ce fut suffisant pour faire basculer le jeune homme, pour le faire chavirer comme un navire en pleine tempête, s'écrasant contre une falaise en un million de fragments, le corps et l'esprit explosant en morceaux, tandis que le plaisir affluait en lui, ne laissant qu'un monde de sensations derrière lui.

Il reprit connaissance, haletant si fort qu'il aurait rendu jaloux un sprinter. Il rouvrit les yeux et découvrit ceux de TJ rivés sur son visage, fascinés. Ari récupéra ensuite du sperme sur son ventre. Cole ne comprit pourquoi que lorsqu'il sentit un doigt s'enfoncer en lui – sans le moindre problème. Ari en grogna de plaisir et fourra un deuxième doigt – ce qui fit grimacer Cole, mais un bref instant seulement, la brûlure s'estompant rapidement. Dès que les deux doigts furent en place, Ari se pencha pour le lécher à nouveau. Il fallut que Cole se détourne des baisers de TJ et demande lui-même un troisième doigt pour qu'Ari y consente. Il avait tellement besoin d'avoir quelque chose en lui que sentir que ça forçait un peu fut un soulagement. Mais pas suffisant. Même un quatrième doigt, malgré le spectacle décadent que ça devait offrir, ne pouvait le satisfaire.

Il n'avait pas senti son loup s'éveiller en lui ; pas avant que celui-ci ne grogne contre Ari, frustré, incapable de trouver les mots pour s'exprimer.

— Tu es sûr ? demanda Ari, et Cole se retint de le frapper.

Cependant, ce n'était pas lui que son ami regardait. C'était son copain d'enfance, qui confirma d'un hochement de tête et s'écarta pour laisser un peu plus de place à Ari. TJ fit une boule avec le pantalon de Cole et le glissa sous ses fesses pour l'aider, puis Ari s'inséra en lui. Le gland entra sans problème dans l'orifice bien lubrifié. Si Ari continua ensuite, l'ouvrant lentement mais sûrement, Cole, lui, ne put s'empêcher de douter. Et de se raidir. Il se souvenait, à présent, mais...

Ari l'attrapa par le menton pour croiser son regard.

— Pousse contre moi.

Cole obéit, hésitant. Mais il faisait confiance à son ami. L'astuce fonctionna ; son corps accueillit le reste du membre d'Ari, et quand celui-ci trouva sa prostate, Cole le prit par la nuque pour le garder contre lui. Ari lâcha un rire nerveux.

— Oui, recommence.

Alors, Cole arqua le dos. Cela ne suffit pas. Il manquait de point d'appui, ne pouvant compter que sur sa propre colonne vertébrale contre le futon et ses mains autour d'Ari. Cependant, celui-ci mit fin à ses tourments. Il accompagna ses mouvements, s'enfonçant plus encore en lui, forçant son corps à devenir le fourreau dont il avait besoin. Cole était de nouveau complètement raide, alors même qu'il venait de jouir. Le rythme s'intensifia, son ami le pilonnait plus vite et plus fort à chaque coup, et il ferma les yeux. Ils étaient aussi désireux de jouir l'un que l'autre. Ari l'embrassa à nouveau, un baiser humide, désordonné, qui consista surtout à lécher les lèvres de

Cole tandis que ses hanches se balançaient en cadence et qu'il lui agrippait les fesses pour le maintenir en place. Cole geignait à chaque poussée, si perdu dans le plaisir et désespéré qu'il n'en avait plus rien à faire de toute dignité. TJ s'allongea contre lui et appuya son érection revenue contre sa taille.

— Je t'interdis de jouir tant que *moi* je ne t'aurai pas baisé, murmura-t-il dans l'oreille de Cole, qu'il gratifia d'un coup de langue, tout en lui serrant la hampe à la base pour obliger à lui obéir.

Le sexe de TJ laissait une trace humide contre son flanc, soyeuse, chaude. Ari, quant à lui, le pilonnait sans merci.

Si Cole avait pu parler, il aurait supplié. En l'état actuel des choses, il ne pouvait que se soumettre à TJ qui lui baisait la bouche et la hanche, et à Ari qui baisait son cul, si éperdu de plaisir qu'il était incapable de former des mots même dans sa propre tête. Il faillit crier en sentant pulser le sexe d'Ari en lui, les vagues de jouissance inondant son antre, tandis que son loup se débattait pour suivre son alpha dans l'orgasme, bien que la prise de TJ sur sa hampe l'en empêche.

Ari cessa de bouger et lui caressa le visage, faisant prendre conscience à Cole qu'il pleurait. Toujours enfoncé en lui, Ari se pencha pour lécher ses larmes sur ses joues.

— Chut, tout va bien, lui promit-il – et il était sincère.

Il eut beau se retirer lentement, Cole frémit et ferma les yeux. Il ne les rouvrit qu'en sentant TJ lâcher son membre, les yeux rivés sur lui. Dès que leurs regards se croisèrent, il lui dit :

— Je vais te prendre, maintenant.

Sa gorge se noua. Il aurait pu parler, mais les mots ne venaient pas. TJ écarta ses cuisses, les caressant lentement pour l'allumer. Sa hampe tressauta, toujours dure et humide, puis une nouvelle fois quand TJ lui remonta les genoux contre la poitrine pour exposer son orifice. TJ grogna face à ce spectacle, et Cole rougit en sentant le sperme d'Ari se déverser hors de lui. Cependant, cela semblait surtout exciter TJ, qui se frotta immédiatement contre le liquide qui coulait entre les globes de Cole. Il n'essayait pas encore d'entrer, mais paraissait incapable de se retenir de pilonner quelque chose. Cole, allongé, se laissait faire, détendu. Même si la cabane se mettait subitement à brûler, il serait dans l'impossibilité de bouger.

— Putain, Cole, murmura TJ, qui luttait pour arrêter ses mouvements frénétiques.

Il parvint à se reprendre suffisamment pour aligner son sexe avec le trou de Cole. Il s'y enfonça sans prévenir et sans peine, car le corps de Cole l'accepta comme si sa place se trouvait en lui. Cole gémit faiblement et ferma à demi les paupières, tandis que son ami le pénétrait davantage. Une poussée, deux, trois, et il fut entièrement en lui, l'emplissant à nouveau comme il le fallait, et l'apaisant, alors même que le besoin brûlant de jouir redevenait pressant.

Cette fois-ci, il fut encore plus submergé par l'odeur de sexe ; il aurait voulu aller à la rencontre des pénétrations de TJ, mais il était incapable de faire plus que se tortiller, tandis que TJ le baisait. C'était agréable de se sentir utilisé ainsi. Vraiment. C'était Cole qui se laissait faire, ou peut-être son loup. Faire la différence n'était plus possible ; la seule chose qu'il ressentait, c'était le doux va-et-vient du sexe de TJ en lui, puis les martèlements plus frénétiques quand le besoin de jouir de son ami s'accrut.

TJ ne toucha jamais la hampe de Cole, mais ce ne fut pas nécessaire. Comme cette fois-ci rien ne retenait sa félicité, Cole partit dès que TJ trouva sa libération – de son membre jaillit une énorme vague de liquide chaud, tandis que TJ lui inondait les entrailles.

L'attente avait eu du bon.

Chapitre 9

Quand il se réveilla, il était roulé en boule sur le bord d'un des matelas, et quelqu'un avait posé une couverture sur lui. Elle sentait l'humidité, mais elle était suffisamment chaude pour le protéger de la brise fraîche nocturne qui pénétrait dans la cabane dépourvue de fenêtres. Frissonnant légèrement, il se blottit davantage sous la couverture.

Puis il cligna les yeux pour éclaircir sa vision, jusqu'à comprendre ce qu'il avait sous les yeux. Il s'agissait de deux corps emmêlés, remuant lentement. TJ était au-dessus, les jambes écartées pour qu'Ari puisse lui caresser la hampe à l'aide de son genou. Malgré la nonchalance des mouvements, l'intensité qui s'en dégageait prouvait que le sexe d'Ari en tirait ses propres bénéfices. Même sous le clair de lune, la peau de TJ contrastait fortement avec la pâleur d'Ari. Les doigts de Cole le démangeaient de les toucher. Il ne savait pas où ni comment, mais il voulait se rapprocher.

Néanmoins, il désirait aussi regarder. Jusqu'à présent, il avait été l'épicentre de leurs étreintes. Or, si Ari avait dit la vérité quant au fait que son statut d'oméga n'aurait de réelle incidence qu'au moment des chaleurs… alors, c'était à leur tour de prendre du plaisir tous les deux. Et il serait aux premières loges pour le voir. Il se demanda si ses deux amis seraient aussi ouverts l'un avec l'autre qu'ils l'avaient été avec lui – sachant qu'ils n'étaient pas censés coucher ensemble du tout, encore moins dans le genre d'arrangement permanent qu'ils envisageaient. Comme pour clarifier ce point, il vit la main d'Ari quitter la taille de son amant pour se poser sur ses fesses, qu'il serra fort en se soulevant. TJ frémit et enfouit sa tête contre la peau d'Ari, entre le cou et l'épaule. Puis il se raidit. Cole se rendit alors compte qu'il essayait simplement de se mettre à genoux pour pousser contre Ari, et qu'il ne flippait pas du tout d'avoir sa bouche aussi près de la gorge vulnérable d'Ari – qui ne flippait pas non plus. Manifestement, les loups n'en avaient que faire des gorges humaines.

TJ n'allait évidemment pas laisser Ari se servir de ses muscles pour le faire jouir tout seul. Ni Cole ni lui ne niaient qu'Ari était plus fort qu'eux, mais cela ne les empêchait pas de contribuer au travail. Ari ne l'avait jamais avoué, toutefois Cole savait qu'il appréciait. Ari, pour le dire simplement, était un véritable nerd. Il n'était pas vraiment un geek – d'accord, il aimait les jeux vidéo et les films, mais ce n'était pas une passion dévorante –, et son physique de joueur de rugby l'avait toujours mis mal à l'aise. En outre, quand TJ et Cole se bagarraient gentiment, il les avait chaque fois laissés faire sans s'impliquer. Maintenant que le jeune homme découvrait combien son ami luttait en cet instant avec TJ, transpirant, désespéré, il se demanda si ce n'était pas juste une question de lâcher prise.

Cole et TJ avaient eu leur lot... d'incidents, mais Ari était trop sérieux pour ignorer l'évidence si elle trahissait la vérité. Et à le voir sucer la langue de TJ comme s'il en avait davantage besoin que de respirer... Alors, ce ne pouvait être que la vérité. Tout à coup, sans raison – ou du moins, aucune apparente pour Cole –, TJ posa la main sur la joue d'Ari, en un geste doux. Ses doigts la caressaient lentement, et TJ s'écarta des lèvres d'Ari pour pouvoir y appliquer ensuite un baiser furtif, puis un autre, sur ces lèvres qui ne demandaient qu'à retrouver les siennes.

— Chhhhut, souffla TJ. Tout va bien.

Ari ne répondit pas ; il se laissa guider par TJ, qui ralentit le rythme, transformant la lutte de leurs hanches en danse. Plus rien ne séparait leurs aines désormais, prises dans une ondulation ininterrompue, tandis que les deux hommes tentaient de se rapprocher le plus possible. Cole s'abreuvait des sons qu'il entendait : le claquement des chairs humides, les petits grognements au fil de l'escalade vers la délivrance, ainsi que les murmures désespérés de TJ, à moitié avalés par les lèvres d'Ari, à moitié étouffés par la peau de ce dernier quand il déposait des baisers sur son visage. Ari poussa un gémissement aigu, cala ses jambes derrière les genoux de TJ et souleva les fesses. Son orgasme fut si puissant qu'il releva le bassin de TJ également. Celui-ci sursauta et s'accrocha à lui de tous ses membres, cependant, il bascula à son tour... La seule force d'Ari – ou de la jouissance de celui-ci – avait suffi.

Alors qu'ils redescendaient lentement de leur nuage, Ari laissa retomber ses fesses. Ils restèrent ainsi enlacés, transpirants, recouverts de sperme, s'agrippant l'un à l'autre comme s'ils craignaient de se perdre s'ils étaient séparés.

Cole se leva, ramassa un tee-shirt et s'approcha d'eux. Ari tourna la tête vers lui, les pupilles dilatées. Cole s'agenouilla à ses côtés et essuya la sueur sur son front, tout en plongeant les doigts entre les dreads humides de TJ. Celui-ci se frotta contre sa main, mais garda le visage contre le torse d'Ari. Cole le comprenait ; lui-même n'aurait pas désiré quitter cette position, à sa place.

— Cole ? demanda Ari à voix basse. Tu es sûr de vouloir faire ça avec moi aussi ?

— Oui, lui assura Cole, après s'être accordé quelques instants de réflexion.

Non pas parce qu'il doutait, mais parce qu'il avait l'impression qu'il pouvait trouver une meilleure manière de s'expliquer.

— Je... J'avais tellement peur quand c'est arrivé, mais maintenant... si je peux avoir ça... Ce que je veux dire, c'est que je pensais ne jamais retrouver ce lien avec vous, c'était... Mais maintenant, je suis près d'atteindre ce que je désire, je n'ai qu'à tendre la main pour l'obtenir. Pour ce qui est des chaleurs ou de...

Il déglutit.

— Ou de tout ça, je n'ai pas le choix, mais vous concernant *vous*, je l'ai.

Ari garda le silence un long moment.

— D'accord. Si tu es sûr.

Cole lâcha le tee-shirt qu'il tenait et posa une main sur le visage d'Ari pour l'obliger à croiser son regard.

— Et toi, tu es sûr ?

— Après ça ? s'exclama Ari, incrédule. Oui. Je veux dire... Normalement, non. Je t'ai dit que je n'en avais pas besoin. De sexe, je veux dire. Et je pense... Je pense que sans, ça m'irait aussi. Mais je ne veux pas être... Je veux partager ça avec vous.

Il baissa les yeux ; ses cils blond sombre voilèrent ses joues rouges. Il était tellement échauffé de ses précédents ébats qu'il était difficile de distinguer une éventuelle rougeur due à l'embarras, mais si Cole avait été un parieur, il aurait tout misé sur un « oui » à cette question.

TJ releva la tête et, sans un mot, se démêla gentiment de son ami et roula sur lui-même, de sorte qu'Ari se retrouve entre eux deux.

Celui-ci se redressa en position assise. Il bougea lentement, afin de garder toujours la main de Cole sur sa joue. Celui-ci la caressait délicatement de son pouce, qui s'imprégnait de la chaleur de la joue. Il savourait cette intimité permise.

— Et la fac ?

Il faillit écarter sa main, afin que la décision appartienne entièrement à Ari, sans le pousser, sans poser de question, sans lui proposer... Mais il ne pouvait pas s'y résoudre, pas quand Ari s'appuyait ainsi contre lui, visiblement en demande de cet attouchement.

Ari fronça les sourcils.

— Je peux toujours y aller. TJ aussi. On retardera...

Il s'interrompit, puis croisa le regard de Cole, non sans mal. Il n'y avait plus rien de froid ou de scolaire en lui, plus rien pour masquer sa peur.

— On retardera les enfants le plus longtemps possible.

Cole savait ce que son ami allait dire, toutefois, il se raidit quand même et détourna la tête. Il ressentit aussi le désir pressant d'écarter la main, mais il veilla à le faire doucement. Une part de lui songeait que c'était facile pour Ari de parler d'enfants quand ce n'était pas à lui de les... Il coupa court à cette pensée. Ce n'était pas la faute d'Ari, qui était en train de lui assurer qu'il renoncerait à sa propre liberté pour être à ses côtés, pour l'aider.

— Ça marche, dit-il, tant bien que mal.

— Et toi, tu vas aller travailler au garage de Gil, affirma TJ, en arrivant derrière Cole.

Il avait l'air sérieux, bien plus que ne le devrait quelqu'un encore perdu dans sa brume post-orgasmique. Cole voulut se tourner vers son ami – qu'il n'avait même pas entendu se lever, au demeurant –, mais TJ s'appuya simplement contre son dos et posa les mains sur ses épaules.

— Tout va bien, lui murmura-t-il à l'oreille. Tu m'entends ?

— Je ne peux pas commencer pour abandonner tout de suite après, dit Cole.

Il essayait de rester calme, mais son pouls s'accélérait. Il était en colère, comprit-il. Il avait déjà renoncé à son apprentissage ; il ne voulait pas reprendre espoir juste parce que TJ était un incorrigible optimiste.

— Tu n'as pas à l'abandonner, insista celui-ci, en le serrant fort contre lui, comme s'il pouvait ériger son corps en bouclier entre Cole et la réalité.

— TJ, voyons.

Cole ferma les yeux et se pencha vers l'avant. Pas pour s'éloigner de TJ, ou à peine, juste parce qu'il ne voulait pas s'appuyer contre ce dernier alors qu'ils abordaient ce sujet. Il avait le sentiment que si son corps capitulait, sa volonté de se battre pour ce point s'envolerait aussi.

— Tu sais que je ne tiendrai pas une année. En plus, on n'est qu'en juillet, donc ce n'est que dans deux mois...

— Pas besoin de tenir une année, répliqua TJ. Tu dois tenir six mois.

— Quoi ?

Cette fois-ci, TJ le laissa se tourner sur lui-même et s'écarta même pour lui laisser de la place.

— De quoi tu parles ?

— Six mois à ton travail, je veux dire, expliqua TJ. Ce mois-ci, plus deux semaines... Hum, j'espère que tu ne seras pas prêt tout de suite. Deux mois, c'est le minimum, mais on peut espérer grappiller un peu plus. Ce qui nous laisse tout ce temps-là pour nous entraîner à cette histoire de nouage !

Cole le laissa poursuivre, même si son esprit tournait à plein régime désormais.

— Ensuite, quand tu pourras tomber..., on ne le fera pas tout de suite. Ce qui rendra tes chaleurs plutôt... intenses.

Il détourna le regard et déglutit.

— Mais si on peut tenir comme ça jusqu'en février... Tu n'es pas un type maigre, donc ça ne se verra pas tout de suite. Et quand ça se verra... Ils ne pourront pas deviner, n'est-ce pas ?

Cole le dévisagea. Il n'avait pas les idées claires. Il se redressa, et il aurait quitté les matelas si Ari ne lui avait pas pris la main. Il le regarda. Il était incapable de se forcer à prononcer les mots. Il ne pourrait supporter d'espérer...

— C'est possible, confirma prudemment Ari, en caressant son poignet, là où battait son pouls. C'est un bon plan.

Cole dégagea sa main et entoura ses genoux de ses bras. Il savait que c'était là une posture qu'adopterait un enfant, cependant, il se sentait à deux doigts d'exploser.

— Mais c'est impossible de savoir. Et je ne suis pas...

Il regarda Ari.

— Si on s'engage tous ensemble, je ne vais pas pouvoir le cacher...

— Je ne... commença Ari, mais TJ ne le laissa pas finir.

— Oh, arrêtez ! Évidemment qu'on va s'engager tous ensemble ! Vous venez limite de vous demander en mariage il n'y a pas cinq minutes. Alors même si on doit se montrer un peu raisonnable au début, ça ne sera pas pour toute la vie. Ça s'appelle la planification familiale, c'est ce que les gens font tout le temps !

— Les gens ont des contraceptifs, rétorqua sèchement Cole.

— Ouais, d'accord, répliqua TJ. Nous, on a des *superpouvoirs*. Et des *voitures*. L'un de nous deux quittera la ville quand les chaleurs arriveront.

— Mais on ne s'en est même pas rendu compte la dernière fois, alors comment...

— On a demandé à Jake, expliqua Ari.

Il semblait plus que désireux de se lancer dans l'aventure, maintenant que TJ les avait gonflés à bloc.

— Il nous a dit que toi aussi tu prendras le coup de main. Il y a toujours des signes, si on sait les chercher.

TJ approcha sa main du genou de Cole, si lentement que même un humain aurait pu échapper à ce contact. Sa paume était chaude et il s'exprimait d'une voix douce pour attirer son attention. Quand Cole croisa son regard, il eut l'impression d'être à nu. TJ n'essayait pas de lui faire mal, il le savait, mais il ignorait combien l'espoir pouvait être dangereux.

— Tu peux changer d'avis, si tu veux. Tu le sais ?

— À propos de vous ?

TJ hocha la tête.

— Ou à propos du boulot. Ou de tout ce qu'on peut contrôler. Tu es aux commandes, d'accord ?

— Ce n'est pas juste..., contesta Cole.

TJ secoua la tête et le fit gentiment taire.

— Rien de tout ça ne l'est, partenaire. On essaie d'améliorer la situation, et, d'ailleurs, je ne disais pas qu'on n'aurait pas notre mot à dire, mais...

— C'est notre boulot de prendre soin de toi, expliqua Ari, sur un ton un peu désespéré, comme s'il pensait que Cole ne comprendrait pas. Mais, se corrigea-t-il en voyant le tressaillement de Cole, pas parce que nous sommes des alphas. Simplement parce que nous sommes tes amis. Et tu as besoin de nous maintenant.

Cole desserra les poings. Il ne pouvait prétendre le contraire, même s'il se sentait mal d'avoir davantage besoin d'eux qu'eux de lui. TJ avait raison : ce n'était pas juste, mais rien ne l'était dans cette situation.

Ils ne pouvaient certes pas la rendre juste – car cela allait bien au-delà de leurs « superpouvoirs » –, mais ils pouvaient au moins essayer de la rendre meilleure. Si Cole les laissait faire. Comme il ne savait pas comment dire oui, il prit la main d'Ari, l'attira contre lui afin de pouvoir l'embrasser sur la joue, puis sur la bouche, pour un baiser doux, chaud et humide. Quelques instants seulement, car TJ attendait son tour. Quand Cole s'écarta, il lui suffit de tourner la tête et d'ouvrir la bouche pour y accueillir la langue de son ami d'enfance, qui avait aussi bon goût qu'Ari, mais qui mit un peu plus ses dents dans ce baiser, lui mordillant les lèvres.

Il fut surpris que son ami mette un terme au baiser, alors que ses yeux brillants et son odeur trahissaient son désir.

— Prêt à t'entraîner ? demanda-t-il en se léchant les lèvres et haussant les sourcils d'un air de défi.

Ari renifla avec dérision, et Cole éclata de rire, sans trop se forcer. Il avait couché avec ses deux meilleurs amis dans la cabane de son enfance, et il s'apprêtait à remettre le couvert. D'accord, sa vie allait bientôt devenir bien plus compliquée, mais s'ils étaient à ses côtés, alors il était prêt à relever le défi.

Fin

<u>REJOIGNEZ SA NEWSLETTER pour vous tenir informé de ses publications et pour recevoir gratuitement des livres, des nouvelles et d'autres choses aussi cool.</u>[1]

---

1. https://smarturl.it/ListeFR

D'autres livres de N. J. Lysk

✱ *Tous les livres sont référencés sur www.njlysk.com*[1]
La Destinée de la Meute :

Un omega pour la Meute[2] – Quand Ray se révèle être un omega et non un alpha, sa vie change à jamais. En tant que mâle omega, on attend de lui qu'il s'accouple avec un groupe d'alphas sélectionnés pour bâtir une nouvelle meute. Alpha/Beta/Omega, M/M/M/M/M/M, M/M, Mpreg.

Plus simple que la plupart (hors-série) [3]- Sergi a décidé d'arrêter de se mentir à lui-même, il craque pour un mec depuis longtemps. Mais il semblerait que s'avouer la vérité n'est que la première étape d'un très long chemin à parcourir.

Alpha pour la Meute[4] – Ray n'était pas prêt à devenir un omega, mais il commence à accepter son destin... jusqu'à ce que la meute ait besoin de lui pour plus que ce qu'il n'est prêt à leur offrir. **À venir en 2020. Abonnez-vous pour que je vous informe!**[5]

---

1. *http://www.njlysk.com/*

2. ***https://smarturl.it/OmegalaMeute***

3. ***https://smarturl.it/PlusSimple***

4. *https://smarturl.it/AlphaMeute*

5. **https://smarturl.it/ListeFR**

Protecteurs de la Meute[6] – Alec et Gabriel font partie des premiers alpha de Ray et ne sont rien de plus l'un pour l'autre. Mais trois ans auparavant... les choses étaient différentes.

Le Bien-aimé de la Meute[7] – Un omega est essentiel pour une meute. Mais un omega reste un homme. Et un homme a besoin d'être aimé. Peut-on offrir son corps sans offrir son cœur ?

Betas[8] – Marisa n'a jamais hésité à venir en aide à son frère, même quand il obtient ce qu'elle désire le plus au monde et qu'elle ne pourra jamais obtenir. Mais peut-être que là où se trouve l'amour, il y aura une solution.

Les loups-garous de Windermere :

Les accouplements des loups[9] – Devlin est un omega avec des ambitions qui n'ont rien à voir avec les alphas. Quand le destin vient s'en mêler, il n'a pas vraiment d'autre choix. **Alpha/Beta/Omega, M/M/M, Mpreg.**

Alphas solitaires[10] – Un loup alpha se retrouve face à des responsabilités qu'il ne peut ignorer : trouver un omega, protéger sa meute, ne pas tomber amoureux d'un autre alpha.

Règles à briser :

Fissures dans la Glace[11] – Le hockey représente tout pour eux deux... jusqu'à ce qu'ils se rencontrent. **Une romance dans le monde du hockey Alpha/Omega.**

---

6.   *https://smarturl.it/ProtecteursMeute*

7.   *https://smarturl.it/Bien-AimeMeute*

8.   *https://smarturl.it/BetasAsideFrench*

9.   *https://smarturl.it/MatingFr*

10.   *https://smarturl.it/AAFrench*

11.   **https://smarturl.it/Fissures1**

Not Destiny[12] – Thomas et Uriel n'étaient pas destinés à finir ensemble. S'ils décident tout de même de se choisir, pourront-ils défier les autres ? **Une romance Alpha/Beta.**

One-Shot :

Éternellement Sien[13] – Quand Shane se présente contre toute attente en tant qu'oméga pendant la pleine lune, son frère jumeau s'avance pour le protéger des autres alphas qui réclament leur droit sur lui... Mais Tim est également un alpha. **Hiérarchie alpha/bêta/oméga. M/M. Inceste entre jumeaux.**

L'éveil de l'oméga[14] – L'école est terminée et Cole est prêt à faire une pause avant que sa vie d'adulte commence. Lorsqu'un simple séjour de camping en compagnie de ses deux meilleurs amis se transforme en quelque chose de plus sauvage, sa vie se verra changée à jamais. **Alpha/Omega/Alpha, M/M/M.**

Runt of the Litter[15] – Un oméga plus âgé qui est prêt à changer le monde et un jeune alpha qui ne croit pas en son propre potentiel. Un amour plus fort que la distance, que l'âge ou les penchants. **Hiérarchie alpha/bêta/oméga. Différence d'âge.**

Le royaume de l'impossible – La reine est morte et Lorax est prêt à prendre la place qui lui revient, lorsqu'une trahison des plus intimes le force à renoncer à son trône sous peine de perdre sa seule et unique famille. Il se retrouve contraint de faire un choix insupportable ; contempler la nouvelle reine

---

12.   *https://smarturl.it/NDFrench*

13.   **https://smarturl.it/HisTrulyFrench**

14.   https://smarturl.it/OmegaUTMFrench

15.   *https://smarturl.it/RuntFrench*

mener son pays vers une guerre qui le conduira à sa perte ou accepter d'user de la seule faiblesse de son ennemi : lui-même. **Une dark-romance M/M tabou, une romance royale.**

Omega en mission – Les omegas sont là pour soutenir, ce ne sont pas des combattants, et Gabi est heureux de s'occuper de son alpha. Quand il croise la route d'un animal en danger, ses instincts de protection se réveillent, et personne ne veut se retrouver sur le chemin d'un omega en mission. **Alpha/Beta/Omega**

Plongés dans les ténèbres – Romans érotiques :

Sans limites[16] – Lorsqu'un humble jeune homme est capturé par le seigneur ennemi au cours d'une bataille, on s'attend à ce qu'il offre sa reddition à son ravisseur en lui proposant de coucher avec lui. Mais il est assez jeune pour que l'acte influence involontairement un processus hormonal qui le féminisera de façon irréversible. Mpreg, Féminisation, dénigrement.

La Volonté du Ciel[17] – Le prince Hiram de Pradeira est jugé inapte à régner après la mort de son père. En tant que descendants directs des dieux, seuls ceux de sa lignée peuvent régner. Donc pour éviter une guerre civile, il accepte d'avoir un enfant avec chaque prince des nobles maisons du royaume pour que son premier-né et héritier puisse hériter du trône, peu importe qui l'aura engendré. Mpreg, féminisation, perversion médicale, dépravation.

La dot de son frère[18] – Tony accepte d'accompagner son frère dans une nouvelle meute, en sachant qu'il devra se

---

16. https://smarturl.it/SoldierOnFR

17. https://smarturl.it/WoHFrench

18. https://smarturl.it/DowryFR

soumettre aux alphas en l'absence des omegas, mais étant prêt à sacrifier son propre confort pour permettre à Peter d'avoir une chance d'être aimé. Son frère est déjà amoureux d'une omega femelle et il est prêt à tout donner pour l'avoir. Tony y compris. Mpreg, féminisation, dénigrement, modification corporelle.

Solution Ultime[19] – Junen sera le prochain alpha de sa meute... jusqu'au jour où il est enlevé par un inconnu, un alpha que son père a rejeté et qui est déterminé à utiliser Junen pour atteindre celui-ci. En faisant de lui son oméga. Absence de consentement, grossesse masculine, kidnapping, féminisation, fisting, humiliation, modification corporelle, orgie sexuelle, maltraitance.

---

19.   *https://smarturl.it/SolutionUltime*

À propos de l'auteur

N.J. Lysk[1] (pronoms : comme vous voulez) est une personne queer – dans presque tous les sens du terme – pour qui les histoires ont toujours été un véritable foyer. Elle a étudié la linguistique et la littérature (ce qui veut dire que quelqu'un lui a offert une véritable excuse pour lire de manière professionnelle) et elle a fini par enseigner, mais l'écriture est son véritable amour.

Accro à l'angoisse, à la passion et aux grossesses masculines, elle est toujours prête à essayer de nouvelles expériences sexuelles (dans un livre, c'est tout !). Elle a été captivée par l'univers des omégas grâce aux fan fictions (mais n'a pas assez de patience pour écrire sur les personnages des autres), et a récemment étendu son œuvre des loups-garous aux joueurs de hockey. Rejoignez sa newsletter pour vous tenir informé de ses publications et pour recevoir

---

1. https://smarturl.it/FBNJBooks

gratuitement des livres, des nouvelles et d'autres choses aussi cool.[2]

Ou suivez son twitter[3], son groupe Facebook ou son site Internet[4] pour en apprendre plus sur les prochaines sorties et participer au programme Advanced Reader Copies. Vous pourrez acquérir les livres directement sur le site à un prix réduit[5] – les nouvelles publications y sont également disponibles plus tôt.

---

2.   https://smarturl.it/ListeFR

3.   https://smarturl.it/TwitterNJ

4.   https://smarturl.it/websiteFr

5.   https://smarturl.it/ListeFR